プラチナ文庫

Platinum Label

したたかに愛を奪え

藤森ちひろ

"Shitataka ni Ai wo Ubae"
presented by Chihiro Fujimori

プランタン出版

イラスト／稲荷家房之介

目次

※本作品の内容はすべてフィクションです。

夜陰《やいん》に紛《まぎ》れて現れた男は、闇よりもなお禍々《まがまが》しい空気をまとっていた。

「学生の身じゃ、払えるような金じゃない。それは、あんたもわかってるんだろう？」

男が父に融資した金額を告げられて、頭の中が真っ白になった。さらに、男が父を通して投資し、被《こうむ》った損害を合わせれば十億円以上になるという。

そんな莫大な金を、いったいどうやって――。

ただの大学生である自分がこれから一生働いても、きっと返せないだろう。

「帳消しにしてやらないこともないぜ」

煙草を灰皿に押しつけた男と、目が合った。

「……え……？」

「これから先の人生をすべて、俺に売り渡せばいい」

そう言ってにやりと笑った男の口から、頑丈《がんじょう》そうな犬歯が覗く。

獲物《えもの》の喉笛《のどぶえ》に喰らいつく寸前の獣のようだった。

一

雨が降っている。

人の気配がしない家の中は、しんと静まり返っていた。ひそやかな雨音以外、なにも聞こえない。

葬儀を終えて親戚たちが帰り、白石凛《しらいしりん》は仏壇のある座敷に一人取り残された。

虚脱《きょだつ》した面持《おもも》ちで、両親の遺影《いえい》をぼんやりと眺める。写真の中で二人は幸せそうに笑っていた。

どうしてこんなことになったのだろう。

強引で傲慢《ごうまん》な面もあるけれど仕事熱心な父と、ほがらかでやさしい母。ごく平凡な、ありふれた家族だった。

この四月から、凛は大学四年生になる。父から会社を継ぐように強制されないのを幸い、就職活動中だった。

自分の目の前には一点の曇りもない、明るい未来が開けている。なんの根拠もなく、そう信じていた。それなのに——。

サークルの合宿から帰宅した凜を迎えたのは、変わり果てた両親の姿だった。

両親と最後に会ったのは、合宿に出かける三日前だ。一人息子に対する両親の態度は、いつもとなにも変わらなかった。

だから、目の前の光景が信じられなかった。それからどうしたのか、記憶は曖昧《あいまい》だ。たぶん、警察を呼んだのだろう。

母を手にかけたあと、父は自らの命を断《た》ったらしい。残された遺書の内容もあって、警察は心中と断念した。

父の経営する投資会社の業績が思わしくないとは聞いていたけれど、まさか心中するほど追いつめられていたなんて知らなかった。

負債はとてつもない金額で、両親の保険金をあてがってもなお借金が残る。数億というそれは、学生である凜が払えるような金額ではなかった。

この土地家屋も金融業者の抵当に入っているから、いずれ出ていかなければならない。両親を失ったうえに、思い出のよすがである家さえも奪われてしまうのだ。

身内だけでひっそりと執《と》り行った葬儀のあいだも、凜には聞きたくもない話ばかりが親戚のあいだで交《か》わされた。心中した両親への非難や、借金にまつわる話。

『凜くん一人でたいへんだと思うけれど、まだまだ不景気だろう、うちもなかなか苦しくてね。大学はあと一年ほどだろう？　力を落とさずに、がんばってね』

やっかいごとを押しつけられる形で保護者となった父方の叔父は、暗に金銭的な援助ができないことを匂わせて、そそくさと帰っていった。他の親戚たちも同様だ。

誰にも頼れない。成人しているだけで、凜は自分がまだまだ無力な学生の身であることを思い知らされた。

父は、闇金のような筋《すじ》のよくない業者からも借金をしていたらしい。いわゆる取り立て屋のような連中がさっそく通夜の席に現れ、借金の返済を迫った。彼らの居丈高《いたけだか》な態度と強硬な姿勢は、いま思い出しても身震いがする。

これからどうすればいいのだろう。考えることが多すぎて、なにから手をつければいいのかわからなかった。

借金を返済するためには、大学を辞《や》めていますぐ働くべきかもしれない。けれど、叔父も言ったようにまだ不景気なご時世だ。大学を中退して、まともな会社に就職できるだろうか。

卒業まであと一年少々だ。長い目で見れば、大学を卒業して就職したほうが結果的にはより早く借金を返済できるかもしれない。今後の生活費と学費はアルバイトで稼《かせ》いで、足りないぶんは奨学金を申請する手もある。

借金といっても、父が残したものだ。自己破産や相続放棄といった方法が取れないか、弁護士に相談したほうがいいだろう。

考えれば考えるほど、両親を失った悲しみと不安に押し潰《つぶ》されそうになる。両親の遺影から視線を逸《そ》らし、凜は父の自慢だった庭を見やった。

雨に濡れた窓は黒い鏡と化して、ほっそりとした青年の姿を映し出す。切れ長の瞳が印象的な線の細い顔立ちは、母親譲りのものだ。喪服に包まれたしなやかな肢体《したい》は、少年と青年の端境にあった。

凜の背後に、明るい室内の様子が浮かぶ。死者を弔《とむら》う灯籠《とうろう》が青白い光を放って回転し、影絵のような模様を映し出している。

幻想的な光景だった。もうなにも考えたくない。数日来の出来事にすっかり疲弊《ひへい》していた凜は、無心にその光景に見入った。

——どうして両親は、一緒に連れていってくれなかったのだろう。

それでも、しぜんと疑問ばかりが湧き上がってくる。

両親が心中したのは、一人息子を巻き込みたくなかったからだ。一人になっても、生きていってほしい。遺書にはそんな両親の気持ちが記されていたけれど、見捨てられたような、置き去りにされたような思いを拭《ぬぐ》い去ることができなかった。

この苛酷《かこく》な現実を一人で生きていかなければならないのなら、一緒に死んでも同じではなかったのか。

――そうだ。いっそ、死んだほうが……。

突如湧き上がった死への希求《ききゅう》が、雨雲のように胸に広がった。室内には濃密な線香の匂いが漂《ただよ》っている。鼓膜の奥で、蟬時雨《せみしぐれ》のような僧侶の読経の声が蘇《よみがえ》った。

――死にたい。

キッチンに行けば、刃物がある。あそこに行けば。

立ち上がりかけたまさにそのとき、インターホンが鳴った。

凜の背中がびくりと震える。しばらく動けなかった。夢から醒《さ》めたような心持ちで、鳴り続けるインターホンの音を聞く。

こんな夜更けに、いったい誰だろう。

来訪者に心当たりなどない。あるとすれば、借金の取り立てくらいのものだ。うさんくさい連中がうろついていることもあって、凜は応対するのを躊躇《ちゅうちょ》した。

もう一度、インターホンが鳴らされる。

居留守を責めるように鳴り続けるそれに、万が一にも弔問客《ちょうもんきゃく》だったらと思い、凜は腰を上げた。さきほどからずっと正座していたため、体の感覚が鈍《にぶ》くなり、足が痺《しび》れている。

降り続ける雨のせいで、ずいぶん冷え込んでいるようだ。

警戒しながら、ダイニングにあるモニターを覗く。そこには、雨傘を差した男が映っていた。

三十をいくつか過ぎたくらいだろう。広い肩幅と堂々とした長身が見て取れる。苦《にが》み走った男らしい容貌には、見覚えがあった。

——あの人だ……。

一年ほど前、父の会社を訪ねた際に会った男だ。印象的だったからよく覚えている。顧客らしい男は、父に見送られて帰るところだった。

『じゃあ、頼んだぞ』

独特の艶《つや》のある声だった。傲慢な口調の端々に、ひそやかな官能の気配が滲《にじ》む。

邪魔にならないようにと廊下の脇に退いた凜に気づき、男がふと視線を寄越した。まともに視線がぶつかる。

猛禽類《もうきんるい》のような鋭いまなざしと、鍛《きた》えられた長身がまとう威圧感。まなざし以上に、男がまとう雰囲気は鋭利《えいり》で隙《すき》がない。

迫力に呑まれたように立ち尽くす凜を目にし、男はふっと口許を綻《ほころ》ばせた。揶揄《やゆ》でもなんでもない、ごく柔らかな笑み。

ただそれだけだ。そのまま男は立ち去った。擦《す》れ違っただけで、男とは一言も言葉は交わしてない。それでもあの美声と、人目を惹《ひ》く容姿は印象的で、凜の記憶にはっきりと刻《きざ》まれていた。

父に男の素性《すじょう》を訊《たず》ねると、『仕事相手だ』と返ってきた。浮かぬ貌《かお》で、それ以上の詮索は無用だとばかりに口を噤《つぐ》む。いまにして思えば、すでに会社の経営状態はかなり悪化していたのだろう。

モニターを眺めながら、凜はどうしようかと迷った。通夜の席で取り立て屋から浴びせられた怒号《どごう》がまだ耳に残っている。

しかし、男がそうとは限らない。父は仕事相手と言っていた。やけに迫力のある男だが、あのときの悠然《ゆうぜん》とした物腰と品のいい服装からすると、金回りのいい企業経営者あたりと考えるのが無難だろう。

ダークスーツをまとった男の肩先を、傘から滴《したた》る雫《しずく》が濡《ぬ》らしている。それを目にし、凜はインターホンの受話器に手を伸ばした。

「——白石です」

『夜分にすみません。お悔《く》やみに参りました』

インターホンを通してさえ、男の声は充分に魅力的だった。改まった口調だが、やはり尊大《そんだい》な響きがある。立場上、命令することに慣れているのだろう。

「失礼ですが、どちらさまでしょうか」

『多岐川《たきがわ》と申します。白石さんには、仕事でお世話になりました』

どうやら男は弔問に来てくれたらしい。父の会社で一度会っていたこともあり、凜は男の言葉を信じる気になった。

その気持ちの裏には、男に対する興味があったのも否定できない。いずれにせよ、雨の降る夜にわざわざ弔問に来てくれた相手を追い返すわけにはいかなかった。

「お待たせしました」

しかし、玄関を開けたとたん凜は後悔した。一人だと思った多岐川の背後には、数人の男たちが控えていた。みんな、独特の鋭い目つきをした男たちだ。さきほどは、モニターに映らない場所にいたのだろう。

一度会っただけの男の言葉を信じるなんて、本当に自分は世間知らずだ。自らの愚《おろ》かさを悔やんだが、すでに遅かった。

「おまえたちは車の中で待ってろ」

多岐川が尊大なしぐさで顎《あご》をしゃくって車を指し示すと、男たちは従順に従《したが》った。門から少し離れた場所には、黒塗りの高級車が二台停《と》められている。それらに部下が納まるのを認めてから、多岐川は凜に向き直った。

「さて、まずは仏壇に手を合わせさせてもらおうか」

凜に対する態度と口調は、がらりと一変した。

多岐川の申し出を断りたくとも、いまさらそれができる状況でも相手でもない。それは凜にも察せられた。

「――どうぞ」

覚悟を決めて、男を邸内に導き入れる。背後からついてくる男の気配に全身を研《と》ぎ澄《す》ませながら、座敷に案内した。

多岐川は言葉どおり、遺影の並んだ仏壇に手を合わせた。

しばしの沈黙が落ちる。さきほどより強くなった雨が庭木の葉群《はむら》を叩く音が聞こえた。

本当に弔問のために来たのだろうか。静かに黙禱《もくとう》する多岐川にいささか拍子抜けしつつ、凜は警戒を解《と》かずに様子を窺《うかが》った。

目を閉じた多岐川は、整った横顔を晒《さら》している。秀《ひい》でた額《ひたい》から続く高い鼻筋のライン、官能的な厚みを持った唇。すべてが理想的な造形だ。

いきなり瞼《まぶた》が開き、切れ込みの深い瞳が凜を捉《とら》える。

危うく目が合いそうになり、凜は男の横顔に見入っていたことに気づいた。

「あんた、白石の息子だよな」

「はい」

あの日と同じ漆黒の双眸《そうぼう》に見据えられ、全身に緊張が走った。

「名前は？」

「多岐川さんとおっしゃいましたよね。俺の名前を訊ねるまえに、ちゃんと名乗っていただけませんか。まだフルネームを伺《うかが》っていません」

多岐川のぞんざいな口調にむっとし、凜は思わず言い返していた。正体の知れない男を前にして怯《ひる》んでいることを気取られたくなかったせいもある。

怒り出すかと思ったが、多岐川は意外そうに目を瞠《みは》ってから、にやりとした。凜の反抗的な態度をおもしろがっているようだ。

「見かけによらず、気が強いんだな。年上は敬《うやま》うもんだって、教わらなかったのか？」

「相手によります」

「手厳しいな」

言いながら、多岐川が懐《ふところ》を探《さぐ》って名刺を取り出す。節の目立つ、長い指だ。

「多岐川　隆将《りゅうしょう》だ。歳は三十二。会社の経営なんかをしている」

差し出された名刺には、社名とともに代表取締役社長という肩書きが記されていた。

「ちゃんと自己紹介したぜ？」

これでいいだろうとばかりに、多岐川がにやにやと凜の反応を窺う。いちいち癇《かん》に障《さわ》る男だ。この数日、すっかり麻痺《まひ》していた感情が凜の中で息を吹き返した。

「凜です。白石凜」

「凜か。いい名前だな。よく合っている」

臆面《おくめん》もなく褒《ほ》められ、気勢を削《そ》がれてしまう。多岐川からはさっきまでの人を食った笑いが消えていた。

両親がつけてくれた名前を褒められて悪い気はしない。なんとなく面映《おもは》ゆい気持ちになり、凜は「ありがとうございます」と口の中で小さく礼を言った。

「……あの、父は多岐川さんと仕事上のおつきあいがあったんですか？」

「まあ、そうなるな」

吸わせてもらうぜと断わって、多岐川が煙草に火を点ける。よく磨《みが》かれたプラチナのライターも、それとわかる高級品だ。ダークスーツはあつらえたものらしく、カフスとネクタイピンには黒真珠がついていた。

「親父さんに金を貸してたんだが、死なれちゃどうしようもないな」

紫煙を吐き出しながら、多岐川が独り言のように呟《つぶや》いた。その口調には憤《いきどお》りもなければ、同情も憐憫《れんびん》もない。

「あんたの親父さんには、これまでずいぶんと稼がせてもらった。相場を読む勘はよかったんだが、一度読みを外すと損失を取り戻そうとして焦《あせ》るのが玉に瑕《きず》だったな。最後は自滅だ。おかげで預けていた八億近くがパアで、貸してた二億が回収不可能になった。――合わせて十億だ」

空恐ろしいほどの損失額を淡々と告げる。凜はとっさに言葉が出てこなかった。全身が心臓になったように、どくどくと脈打っている。

十億――。

いや、借金だけなら二億だ。それでも、二億――。

「……父は、あなたからそんな大金を借りていたんですか」

証拠はあるのかと問うより先に、多岐川が書類を取り出した。

「これを見ろ」

突きつけられたのは借用書だった。何枚もある。そのすべてに、見慣れた父の署名がなされ、判が押されてあった。

客だった多岐川に金を借りるほど、資金繰りに窮《きゅう》していたのか。父は数千万円単位で何度も借金をしており、瞬《またた》く間に二億に膨れ上がっていた。

「借金を損失の補塡《ほてん》に当てて、とりあえずその場をしのげばいつかまた大儲けできると信じてたみたいだな」

ゼロがいくつも並んだ数字を目で追っていると、多岐川が話しはじめた。

「会社が傾《かたむ》いてるのは知っていたが、俺としてはこれまでのつきあいがあったから貸したんだ。それが預けてた八億分の投資には失敗するわ、融資を引き上げると言ったら心中して借金を踏み倒すわ、あんたの親父さんには踏んだり蹴ったりの目に遭わされたぜ」

温情が仇《あだ》になったな、とぼやきながらも、多岐川には切羽詰《せっぱつ》まった様子はみじんもない。

「この月末に迫ってる、二千万の返済ができなかったからなんだろうがな。よほど俺からの取り立てが怖かったのか知らないが、必ず返すと言って借りておきながら死ぬなんて、無責任だと思わないか？」

いきなり話を振られて、凜は困惑した。

「そ…それは、申し訳ないと思います。でも、あの……、もう少し返済を待っていただくわけには、いかなかったんでしょうか？」

「俺は貸した金を返してくれと言ったまでだ。だいたい、死ぬくらいなら借りた金を返すべきじゃないのか？」

男の言うことは至極もっともな正論で、凜は返す言葉がなかった。どうやら、目前に迫ったこの男への借金の返済が両親の心中の引き金になったようだ。

「俺は慈善事業をやってるわけじゃないんだぜ？」

口の端に煙草を挟んだ多岐川がうっすらと笑う。眇《すが》めた瞳には、ぞっとするほど冷酷《れいこく》な色があった。

——この男も、同じだったのだ。

凄みのある多岐川の表情に、凛はこの男が通夜の席に怒鳴り込んできた連中と同じ種類の人間であることを知った。

いや、むしろ多岐川のほうが上かもしれない。声高に返済を迫るわけでもないのに、恐ろしいほどの威圧感と迫力があった。

「十億だ、十億」

凛の動揺《どうよう》を愉《たの》しむような間合いをたっぷりと置いてから、多岐川が続けた。

「俺にとっても少なくない金だ。これじゃ、父親の代わりにあんたに払ってもらうしかないな」

「そんな……十億も……」

絶対に、無理だ。一生懸命働いたところで、一生かかっても返せないだろう。借金の返済はともかくも、損失を補填する義務などあるのだろうか。だが、正論が通用する相手とも思えない。

「なんだ、あんたも親父の真似をして借金を踏み倒そうっていうのか」

「ち…、違います。お金は、これから働いてこつこつと返します…！　どれほど、長くかかっても……」

「そりゃまた気の長い話だな。生憎だが、俺は気が短いんでね」

必死な凜を嘲笑《あざわら》うように、多岐川が紫煙を吐き出す。それは線香の煙を押しのけて、天井まで緩《ゆる》やかに立ち上った。

「学生の身じゃ、払えるような金じゃない。それは、あんたもわかってるんだろう？」

返済を迫ったり、無理だと言ったり。多岐川の真意がわからず、凜はただ凝然《ぎょうぜん》として男を見つめた。

「帳消しにしてやらないこともないぜ」

煙草を灰皿に押しつけ、多岐川が思いがけない台詞《せりふ》を口にした。にやりと笑った口許から、頑丈そうな犬歯が覗く。

「これから先の人生をすべて、俺に売り渡せばいい」

「人生……？」

曖昧すぎて意味がわからなかった。売れるものなど、なにもない。だって、なにも残っていないのだ。この体以外は。

「どういうことですか？　返済するには、一生かかるとは思いますけど、人生って……」

「わからないか？　おまえ自身のすべてだ」

多岐川の動きは大型の肉食獣のようになめらかで、素早かった。腕を摑んで引き寄せられ、厚みのある胸板に抱きとめられる。自分に対する呼称が、「あんた」から「おまえ」に変わったことに気づく暇さえなかった。

「多岐川さ……ッ！」

間近から覗き込んでくる男の双眸が、照明を弾《はじ》いて金色に耿《ひか》る。野生の獣を前にしたような畏怖《いふ》に近い感情に支配され、全身が竦《すく》んだ。

「……ッ！」

恐ろしい力で顎先を摑まれた。痛みに呻《うめ》いたが、多岐川は頓着《とんちゃく》せずに顔を寄せてくる。薄笑いを浮かべた男の顔が視界いっぱいに広がり、凜は反射的にぎゅっと目をつぶった。

あたたかく、柔らかな感触が唇に触れる。

どうして、キスなんか――。

多岐川の言動は凜の常識の範疇《はんちゅう》を超えている。おかげで、おまえ自身のすべて、という言葉がなにを意味しているのか、朧《おぼろ》げながら察しがついた。

けれど、自分は男だ。そんな要求をされても、悪趣味な冗談としか思えなかった。

熱い舌先に唇をなぞられて、体が震える。唇を抉《こ》じ開けられそうになり、凜は覆《おお》い被さる男の頰《ほお》を目がけて掌《てのひら》を翻《ひるがえ》した。

「ふ…ふざけないでください…っ！」

頰を打つ乾いた音が響き、男の唇が離れる。

男の手が届かない距離まで逃《のが》れ、濡れた唇を手の甲で拭った。もちろんそんなことで、くちづけの生々しい感触が消えるはずもない。

多岐川が小さく舌打ちし、うっすらと紅くなった頰を擦る。

「いてぇな。女にだって、殴らせたことないんだぜ？」

「あ…あなたが、妙な真似をするからです！」

多岐川はいっこうに応えていないらしく、不遜《ふそん》な笑いを浮かべている。

腹立たしかった。母親譲りの顔立ちは、女顔の部類に入る。そのせいで、こんな侮辱的《ぶじょくてき》な仕打ちを受けたのかと思うと屈辱が募《つの》った。

「どういうつもりなんですか。すべてと言われても、俺にはこの体しか……」

「そうだ。その体を俺に売れればいい」

売り言葉に買い言葉のように、多岐川はあっさりと告げた。

「体を売るって、……」

嘘だろう。危惧《きぐ》が的中したが、それでも信じたくなかった。自分が勘違いしているだけで、臓器を売れと言われているのではないのか。

「借金が返せないんだったら、体を売るしかないだろ。俺がおまえを買ってやる」

「そんな…っ、ヤクザじゃあるまいし、そんな無茶な話……」

混乱する凜の口から思わず出た単語に、多岐川がひそやかに笑みを深くする。

「俺がそのヤクザだったら、どうする？」

不透明な笑みを浮かべた多岐川の表情に、背筋が冷たくなった。ヤクザなんて、そうそう出くわすものじゃない。映画やテレビの中にしか、存在しないはずだ。――たぶん。

「――あなたは……いったい、……」

「いくらお坊ちゃん育ちでも、九曜会《くようかい》の名前くらい知ってるだろう？　その若頭をやっている」

全身から血の気が引くのがわかった。誰もが暴力団といえば、まずは九曜会の名前を思い浮かべるだろう。それくらい大きな全国組織だ。当然、凜も知っている。

本当なのだろうか。それとも、たんなる出任せなのだろうか。

上品なスーツと皺《しわ》一つないワイシャツに包まれた体軀《たいく》から漂う、恐ろしいほどの威圧感。

そこに混ざる、隠し切れない暴力と血の匂いを凜は鋭敏《えいびん》に嗅ぎ取った。それは闇社会の住人特有のものだ。げんに、凜の反応を窺っている男の双眸の奥にはぞっとするほど冷淡な色があった。

「おまえが気に入った。ガキは趣味じゃなかったんだが、おまえなら愉しめそうだ」

声も出せずにいると、再び頤《おとがい》を掬《すく》われた。節の目立つ指はしなやかで力強い。

「俺のものになれ」

不可思議な熱を帯びたまなざしに射竦められる。漆黒の双眸に映った自分の姿に、凜はこのまま取り込まれそうな恐怖を覚えた。

「嫌だ……！」

恐怖に駆られながらも、顎を捉える男の指を必死で払い落とす。

「ヤクザなんか、絶対に嫌だ……！」

とっさに出た一言だった。刹那、男の双眸が剣呑に細められる。

大きな手に腕を摑まれて、凄まじい力で畳に引き倒された。抗《あらが》う間もなく、確かな骨格を持った体軀が伸しかかってくる。男の体軀は一回り以上も大きく、重みをかけて伸しかかられれば抵抗するどころか身動きさえできない。

荒事には慣れていないし、武道の心得があるわけでもない。そんな凜を押さえつけることなど、多岐川にとっては造作もないのだろう。

「相手が選べる立場だとでも思ってんのか?」

低い声で凄まれて、体が恐怖に竦む。耳許で聞く多岐川の声は、それだけで全身が凍《い》てつくような迫力があった。

――怖い。

もしヤクザというのがはったりだとしても、この男が怖かった。それは、理性ではどうしようもない本能的な恐怖だ。体格以上に、力の差は歴然としている。

「俺に体を売って借金が消えるのなら、安いものだと思わないか」

十億という途方もない金額が脳裡《のうり》を過《よぎ》る。相続放棄や自己破産といった手段を取ったとしても、ヤクザのような連中が見逃してくれるだろうか。

一瞬の躊躇を、多岐川は見逃さなかった。

「諦めろよ。気に入ったものは、なんとしても自分のものにするのが俺の主義だ」

口の端だけで笑った男は、滴るような雄《おす》の色香をまとっていた。こんなときだというのに、視線が釘づけになる。

「…っ」

強引な掌に頬を取られ、今度は顔を背《そむ》けることもできずに唇を奪われた。官能的な厚みをもった唇に挟み込まれて、きつく吸い上げられる。

男に体を売るなんて、承知できるはずがない。しかも、ヤクザだなんて。借金を返す方法は、きっとなにか他にあるはずだ。

こんな方法、馬鹿げている。だって、自分は男で——。

混乱しているうちにも、男の力がじわりと増した。親指が頬に食い込み、痛みに喘《あえ》いだ隙に唇を割られる。持ち主の性格そのままの尊大な舌先が、すかさず侵入してきた。

「ん…う、…っ」

熱く濡れた舌が我がもの顔で凜の口中を蹂躙《じゅうりん》する。ぬるぬると這《は》い回る感触に、体中が粟立《あわだ》った。それでいて、舌を搦《から》め捕られるとぞくぞくとして力が抜けてしまう。

こんなキスは初めてだった。一方的に貪《むさぼ》られ、呼吸さえ自由にできない。しだいに、ぼんやりと頭の芯が霞《かす》みはじめた。

「……は、ふ……っ」

どれほど経ったのだろう。やっと多岐川の気が済んだらしく、はじまりと同様の唐突さで解放された。

唇の端から伝い落ちた唾液《だえき》を追って、男の唇が顎先を這う。耳と顎のあいだの柔らかな部分を食《は》まれ、やんわりと歯を立てられてる。まるで凜に、おまえはこれから屠《ほふ》られる獲物なのだと思い知らせるかのようだ。

「男の経験はあるのか？」

「そ……そんなもの、あるわけないでしょう…っ！」

冗談じゃない。侮辱もいいところだ。かっと頰に朱を散らして睨みつけると、なぜか多岐川は嬉しそうに口角を上げた。

「初めてか。そりゃ光栄だな」

「あ、……！」

多岐川の手がネクタイにかかる。凜の抵抗をものともせずにネクタイが解かれ、ワイシャツのボタンが外《はず》されていく。

「やめてくださ…い！」

「いまさら暴れるなよ。キスだけで、蕩《とろ》けそうになってたくせに」

そんなことがあるものか。男にキスされたショックで、驚いただけだ。感じたのは嫌悪だけではなかったから、よけいに凜は動揺した。

「ち、違…う！」

「いまさら暴れるなよ。あんまり聞きわけがないなら、外で待ってる連中に手伝わせてもいいんだぜ？」

舎弟連中の存在を匂わされて、頬が強《こわ》ばる。男に組み敷かれている姿を他人に見られるなんて、絶対に嫌だった。

「それが嫌なら、おとなしく観念しな」

無情に言い捨てて、多岐川が力任せにワイシャツの前を開く。弾け飛んだボタンが、ばらばらと音を立てて畳に落ちた。

本気なのだろうか。あたたかく乾いた掌に触れられ、肌がざっと粟立った。男に体を売るなんて、冗談じゃない。だけど、十億もの大金を返す方法が他にあるだろうか。混乱した頭で考えても、なにも思いつかない。

「綺麗な肌だな」

鎖骨のあたりを撫でられて、凛の肩先がぴくりと揺れる。うぶな反応に、多岐川がにやりと目を細めた。

「感度もいいじゃないか」

肌理《きめ》の細かい肌の手触りを楽しむように、多岐川が掌を滑《すべ》らせる。嫌悪感と恐れでいっぱいになり、凛はきゅっと唇を噛み締めた。

「そんなに緊張するなよ。男を知らないんなら、他人に触られるのも初めてか？」

「…っ」

いきなり下肢のあいだを無遠慮に摑み締められ、驚愕《きょうがく》に喉が引き攣《つ》る。どうしてそんなことを答えなければならないのだろう。

多岐川を振り払いたかったが、痛めつけられるのではないかという恐怖でろくに身じろぎもできない。

「それとも、女知ってんのか」

間近で覗き込む多岐川の虹彩がすっと細められ、ひどく酷薄《こくはく》な表情になる。冷酷な本性がふいに表出したようだった。

「どうした？　答えろ」

握《にぎ》り締める掌に力がこもり、凜はとっさに小さく首を振って否定の意思を表した。屈辱よりも、苦痛と恐怖が勝った。

「こんな細腰で女を抱けるわけないか。おまえの貌なら、女より男を誑《たら》し込むほうが向いてるしな」

多岐川がふんと鼻を鳴らす。日に焼けても紅くなるだけの肌も、筋肉のつきにくい華奢《きゃしゃ》な骨格も、多岐川にとっては侮蔑の対象でしかないのだろう。圧倒的な体格と力の差を思い知らされただけに、屈辱的だった。

「……ッ」

肌を撫でていた掌が胸の小さな突起《とっき》を掠《かす》めた。淡い色合いの乳暈《にゅううん》の中心にあるまだ柔らかなそれは思ったより敏感で、びくりと体が震えてしまう。女でもないのに、そんな場所に触られるなんて。

「可愛いもんだな」

「痛…っ」

指の腹で押し潰されて、凜は思わず声を上げていた。反射的に痛いとは言ったものの、男の指先に捏《こ》ねられる突起から生じるのは痛みではなく、もっと曖昧な感覚だった。

「ここを弄《いじ》られると感じるのか?」

「ちが…う、そんなわけが……」

首を振って否定したが、ゆるゆると捏ねられるたびに、不可解な熱が胸先から全身に広がる。

「感じないんなら、ここを弄られただけで達《い》けるようになるまで仕込んでやる」

「あう…っ」

捩《ね》じ切るように乳首を摘《つま》まれて、細い肢体がびくんっと弾ける。火花が散るような衝撃があった。

「充分素質があるみたいだな」

「く、……」

凜から鋭敏な反応を引き出し、多岐川がひそやかに笑う。

そんな馬鹿なことがあるものか。だが、二本の指で乳首を挟《はさ》み込まれて、凜は息を呑んだ。

乳嘴《にゅうし》を括《くく》り出され、指の腹でやんわりと撫《な》でられる。全身が甘い痺れに侵されて、勝手に息が乱れた。柔らかいだけだった器官が、男の愛撫《あいぶ》に応えて硬く凝《こご》っていく。

「ほら、いやらしく尖《とが》ってきたじゃないか。感じてる証拠だ」

「ち、が…、ひ…っ」

淫蕩《いんとう》な含み笑いを落とし、多岐川があらわになった胸許に顔を伏せた。色づきはじめた乳暈を舌でなぞられ、否定する声が途切れる。ねっとりと濡れた、生温かな感触がおぞましい。

体を強ばらせる凜をよそに、多岐川は執拗《しつよう》に右の乳首を舌先で責め、丸みに欠《か》けた胸を揉《も》みしだいた。

こんなものが、快楽であるはずがない。

好意のかけらもない相手に触れられて、快楽を感じるはずなどない。ない、のに――。

「……、ん…っ」

熱くなった吐息とともに、かすかに甘い声が鼻を抜ける。自分でもぎょっとしていると、多岐川が顔を上げた。

「もっと声を出していいぜ。感じてるんだろ？」

「感じてなんか……」

否定しようとして身じろいだ拍子に、凜は下腹部が熱くなっていることに気づいた。嘘だ。どうして……。触れられてもいないのに、衣服の下では自身が反応していた。

「それが本当かどうか、確かめてやる」

「嫌だ…っ」

多岐川の手が下肢の衣服にかかり、凜は思わず叫んでいた。男に押さえ込まれた不自由な体勢で、なんとか逃れようとして身を捩《よじ》る。

「嫌？　なんで嫌なんだよ？」

多岐川が凜の言葉尻を捉え、追及する。剣呑なまなざしに見下ろされ、凜は蛇《へび》に睨まれた蛙《かえる》のように動けなくなった。

「感じてないんだろ？　それとも、本当は感じちまって俺に見せられないような状態になってるから嫌なのか？」

狡猾《こうかつ》なやり方だった。嫌だと言えば、多岐川の指摘を認めたことになる。追いつめられていくのがわかっていても、凜にはどうしようもなかった。唇を噛み締め、ベルトを外す多岐川の動きにじっと耐える。

「ッ」

ファスナーを下ろして侵入してきた手に熱を孕《はら》んだ部位を探られる。軽く握り込まれただけで、そこが大きくなった気がした。

「嘘つきめ。もうこんなにしていたのか」

「や、だ……触る、な…っ」

ゆるゆると扱《しご》かれて、妙な声が出そうになる。他人の手から与えられる快感はあまりに鮮烈で、ただかぶりを振るしかできない。

「なんだ、こっちを可愛がられるより、胸を弄られるほうがいいのか?」

「あぅ…っ」

紅く色づいていた乳首を再び舐《な》められる。さきほどから苛《いじ》められているそこは痛いほど尖り、つきつきと疼《うず》いていた。

「い…や、だ…っ」

もうこれ以上、自分に触れないでほしい。苦痛であれ快感であれ、多岐川から与えられるなにもかもが怖かった。

「だったら、いきなりこれを突っ込まれたいのか？」

多岐川が太腿に腰を押しつけてくる。衣服越しにも、その大きさと熱さがまざまざと感じられた。

「痛いほうがいいってのなら、そうしてやるぜ」

こんなものを体内に打ち込まれたら、どうなってしまうのだろう。布の上から窄《すぼ》まりの部分を強く押され、言い知れぬ恐怖が湧いてくる。

性的な事柄には淡白な凜だが、男同士の行為がどんなものかくらいは知っている。けれど、そんな場所で体を繋《つな》げることが可能だなんて思えなかった。いや、絶対に無理だ。こんな大きなものを受け入れるなんて。

恐怖に凍《こお》りつく凜を、多岐川はおもしろそうに眺めていた。他人を脅《おど》し、恐怖で支配し、蹂躙することに慣れているのだ。獲物を嬲《なぶ》るようなその表情に、凜は直感した。

「選べよ。無理やり突っ込まれるほうがいいのか、それともたっぷり可愛がって泣かしてほしいのか」

「どっちも嫌です」

そんなこと、選べるものか。頭をもたげてくる恐怖を必死に押さえつけながら、凜は多岐川を睨みつけた。

「せっかく俺が親切に、選ばせてやるって言ってるのに」

「痛…っ」

逆《さか》らった罰だと言わんばかりに容赦《ようしゃ》なく乳首を捻られ、悲鳴が洩《も》れる。唇を噛み締めたが、遅かった。

「いい声だな。おまえからねだるまで、たっぷり可愛がって、泣かせてやる」

「泣いたりなんか、しない……！」

この男の前で泣くくらいなら、苦痛に耐えたほうがましだ。さっき、両親のあとを追って死んでもいいと思った。死ぬことに比べれば、男に犯されるくらいたいしたことじゃない。

「素直じゃないな。胸を弄られただけで濡らしたくせに」

濃い眉をくいと跳ね上げ、多岐川が嘲笑う。

「いずれ、おまえから脚を開いて、男を欲しがるように仕込んでやる。楽しみだな」

「しない……絶対に…！」

下世話な台詞を吐きながらも、多岐川の容貌には獣じみた欲情の色はかけらもない。凜をいたぶって、愉しみたいだけなのだろう。そもそも、この男が相手に不自由しているはずがないのだ。

身を捩って必死に抗ったが、あっけなく両手首を捉えられ、引き抜いた自分のネクタイで一まとめに縛《いまし》められた。下着ごとズボンを引きずり下ろされ、下肢を剝《む》き出しにされる。前を開かれたワイシャツを羽織《はお》っているだけの惨《みじ》めな格好になった。

「いじらしいじゃないか。紅くなって、いやらしい色になってる」

「あ…っ」

すっかり形を変えていた花芯を握り込まれて、凛の背筋がびくびくと慄《おのの》いた。

乱れた呼吸をなんとか整えようと息を詰めれば、与えられる刺激にいっそう鋭敏になってしまう。多岐川に触れられて感じていることじたい、凛にとっては認めがたい屈辱だった。

この男からの借金が原因で、両親は死んだのだ。多岐川から、金を借りなければ——。

怒りと憎悪に心は冷えていくのに、体は熱い愉悦に燃え上がっていく。男の手の動きに合わせて、くちゅくちゅという猥《みだ》りがわしい音が聞こえた。

耳を塞《ふさ》ぎたくとも、縛られていては叶わない。伸しかかる男の胸板を突っぱねるくらいがせいぜいだ。どういう縛り方をしてあるのか、もがくごとに結び目がきつくなっていく。

「わかるか？　こんなにいやらしい音を立ててんの、おまえだぜ？」

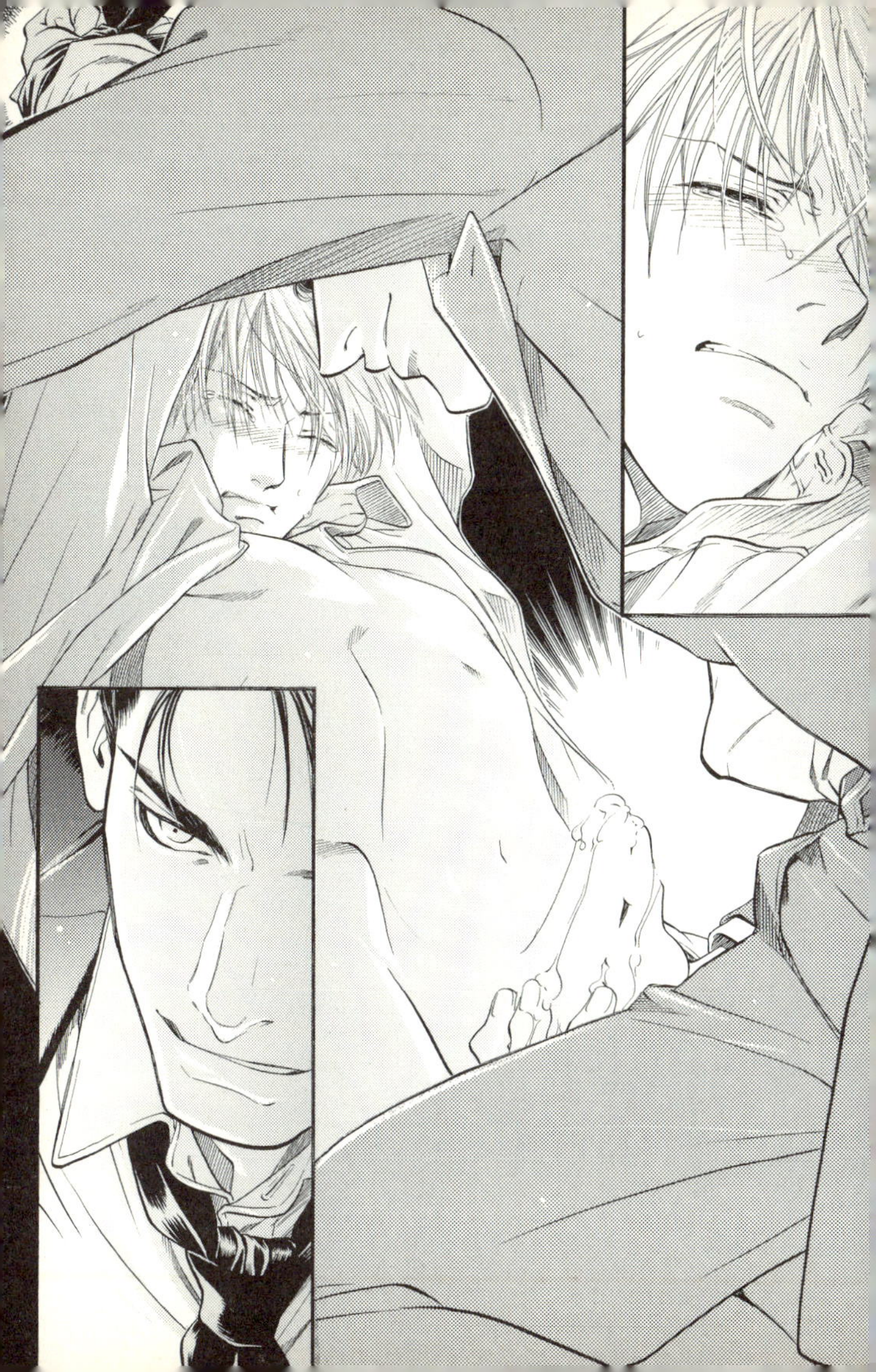

いた。

「……っ、く……」

感じたくない。どんな反応もしたくない。凜の男としての自尊心が軋《きし》み、悲鳴を上げて
「腰が震えてるな。出したいって言って、ぱくぱくしてるぜ」

「ひ…っ」

蜜を滲ませた先端を爪先でなぞられて、尖った悲鳴が洩れる。大きく仰《の》け反《ぞ》った凜の顕《けん》
著《ちょ》な反応に、多岐川の瞳が喜色を浮かべて眇められた。

怖い。かけらも興奮を見せない男に一方的に嬲られて、自分は獣のように興奮している。

その屈辱が凜の脳を灼《や》く。

「や…、……い…やだ」

達きたくない。惨めな醜態《しゅうたい》を晒したくなかった。しかし、容赦を知らない男はいっそう
巧《たく》みな愛撫で凜を追いつめていく。蜜を蓄《たくわ》えた二つの袋を指で揉み込まれると、つぷつぷ
っと新たな滴りが押し出されるように溢《あふ》れた。

「嫌だったら、どうしてここをぐちゃぐちゃに濡らしてるんだ?」

「あぁッ」

あざとい台詞で指摘しながら、多岐川がはしたなく反り返ったものを軽く弾いた。抗議

するように跳ね上がったそれが、ぱたぱたと蜜を零《こぼ》す。もやは後戻りできない状態であることは明白だった。

「な…っ」

濡れた指先が両脚の付け根のさらに奥に忍んできて、凜は驚愕《きょうがく》に声を上ずらせた。硬く閉じた蕾《つぼみ》に男の指先が押し当てられる。

「あ…ぁっ」

ぐうっと指先がめり込んできて、体の中枢に衝撃が走った。きつく閉じた瞼の裏がちかちかと明滅《めいめつ》する。体が撓《しな》り、凜は腰を突き出しながら吐精していた。

下腹から胸にかけて、熱いものが濡らしている。我が身に起きたことが信じらず、凜は呆然《ぼうぜん》と濡れた目を瞠った。

「ずいぶん堪《こら》え性がないな。後ろを弄られただけで達くなんて。男は初めてじゃなかったのか？」

「ちがう…う、……こんなの…ちが…」

違う、と何度も呟いて、だだを捏ねる子供のようにかぶりを振る。泣くものかと思っていても、ショックで涙が滲んだ。

「おまえは正直じゃないが、体だけは素直だな。嬉しげに締めつけてくるじゃないか」

「う…ぅ」

浅く突き入れた指をわずかに揺すられて、全身が総毛立つ。異物感が大きすぎて、くすぐったいのか痛いのかすらもよくわからない。

「すぐにこの襞《ひだ》が紅く潤んで、俺が欲しくてたまらなくなるぜ」

凜の戸惑《とまど》いを嘲笑うように、多岐川が卑猥《ひわい》な台詞を囁《ささや》く。

欲しくなるなんて、そんなことありえない。狭隘《きょうあい》な襞を掻き分けて押し入ってくる指の感触に、凜は声もなく打ち震えた。

関節はおろか、爪の形状まではっきりと感じ取れそうだ。不慣れな襞を軽くなぞられるだけで全身に戦慄《せんりつ》が走る。

剝き出しの肌に畳が擦れて痛い。それが凜に、ここが仏壇のある客間であることを思い出させた。

葬儀の夜、両親の遺影の前で男に犯《おか》されようとしている。両親を死に追いやった、その張本人に。

あまりに惨めで、口惜しかった。こんな男に屈《くっ》するなんて。凜にとって多岐川は、両親の仇《かたき》にも等しい相手だ。

しかし内部を探られて、男の指の動きに思考を中断される。男の指を食んだ部分から広がる、痛みとは異なる熱い痺れ。その未知の感覚が凛を怯《おび》えさせる。

「また勃《た》ってきたな。そんなに尻を苛められるのが好きか」

「…す…き、じゃ……な……」

否定する声すらも、隠しようのない悦楽に濡れている。放ったばかりなのに、体の中枢は新たな欲望を湛《たた》えて硬く張りつめていた。

「好きじゃないくせに、涎《よだれ》を垂《た》らして悦《よろこ》んでるわけか。とんだ淫乱だな」

「ちが、…ぅ…ぅっ」

多岐川が内部の指を曲げ、絡《から》みつく襞を引っ掻く。そこから走り抜けた喜悦の鮮明さに、凛は大きく背筋を撓らせた。

「そのうち、俺に尻を弄ってくれとねだるようになる。おまえがどんなに乱れるか、愉しみだな」

「だれ…が、そんな…こ…と…っ」

ぐっと圧迫感がかかり、凛は息を呑んだ。二本に増えた指が入ってくる。引き攣るような痛みはあるものの、さほどではない。

「う…く、…」

それぞれ別の動きで襞をなぞられ、細い肢体に卑猥な震えが走る。擦られるごとに、襞が甘く熟《う》れて男の指に馴染んでいく。いつの間にか、凜の腰が左右に揺れていた。

「あ、ふ…っ」

指先にある一点を捉えられ、びくりと硬直する。快楽中枢を直裁《ちょくさい》に刺激され、脳髄《のうずい》まで快感がいっきに駆け抜けた。触れられてもいない果実がびくびくっと跳ね、濃度を増した花蜜がとろりと溢れる。

「ここが快《い》いみたいだな」

「あっ、あっ、や…あ、ちが…、ああっ」

自分でもわけがわからなかった。戸惑っているうちにも勝手に腰がうねり、閉じられなくなった唇から、はしたない声が立て続けに洩れた。

官能が凝縮したポイントを狙って抉《えぐ》られ、引っ掻かれる。男の指を拒むようにぎちぎちに締めつけていた粘膜がとろりと潤《うる》み、ねだるように蠢《うごめ》く。

「嬉しそうにひくついて、絡みついてくるぜ。これじゃ、指が抜けなくなりそうだな」

男の含み笑いが落ちて、火照《ほて》った肌がさらに熱くなった。それが羞恥《しゅうち》によるのか、燃え上がる官能によるのか、凜自身にも判然としない。恥辱《ちじょく》を与えられるごとに、全身を侵食《しんしょく》する欲火《よっか》は勢いを増していく。

「う…ぅ、っ……や、そ…こ…っ」

ぐるりと大きく掻き混ぜられたかと思うと、狭い内部で指を前後され、無意識のうちに弱音が洩れる。穿《うが》たれ、揺すられるうちに、未熟だった粘膜は淫《みだ》らに蕩けていた。引き抜かれそうになると、浅ましく波打って男の指を貪欲に絞《しぼ》り上げる。

どうしよう。こんなの、おかしい――。

わずかに残っていた理性のかけらが訴えるものの、自分でも内壁の淫らな蠢きをどうすることもできない。

「ちょっと擦ってやったら、また達きそうだな」

「あ…ぁっ」

昂《たかぶ》った形を爪先でなぞられて、ねだるように腰が浮き上がった。打ち捨てられた果実は完全に熟し、男の指遣いに合わせて小さく揺れている。ねっとりと茎を伝い落ちる蜜の感触さえも、たまらない刺激となった。

「そろそろ愉しませてもらおうか」

多岐川がひそやかに笑う。結び目に指を差し入れ、ネクタイを緩めるしぐさには成熟した大人の男の色気と余裕がほの見えた。

衣服をくつろげると、凜のほっそりとした脚を抱え込んだ。

「…っ！」

ひたりと押し当てられたものの大きさに息を呑む。さきほどとは違い、じかに感じるそれは灼熱のようだった。

「い…や、嫌だ…っ！」

手首を縛られた腕を男の胸に突っ張り、精一杯の抵抗をする。もはや虚勢《きょせい》も強がりもない。純然たる恐怖に駆られ、凜は多岐川の下から逃れようともがいた。

引き裂かれてしまう。

まじまじと眺めたわけではないが、多岐川が並みならぬ質量を誇《ほこ》ることは明らかだった。なんの経験もない自分が受け入れられるはずがない。

「往生際《おうじょうぎわ》が悪いぞ、凜」

傲慢な声音に名前を呼び捨てにされ、凜がびくりと竦む。

「おとなしくしてろ」

昏《くら》く甘い低音が耳許で囁く。恐れに竦んだ体を押さえつけ、多岐川は無情にもあてがった自身を突き入れた。

「い、や…ぁ――」

痛い。脳裏に浮かんだのは、その一言のみだった。

灼熱の楔《くさび》が凶器のようにめり込んでくる。抗議するどころか、悲鳴を発することさえできない。大きく見開いた瞳が涙の膜に掻き曇る。

硬い肉に、もっとも脆弱《ぜいじゃく》な部分を引き裂かれる苦痛。

一生、知らないで済んだはずだ。男が、男に犯される。そんな経験を自分がするなんて、いったいどうして想像するだろう。

目の前に広がっていた未来が昏く閉ざされていく。

ほんの一週間前まであたりまえだったあたたかな家族も、将来の希望も、なにもかもが絶望で真っ黒に塗り込められていく。

もう、戻れない——。

めりめりと捩じ込まれていく楔の感触が、凜に過酷な現実を知らしめた。十億という途方もない借金のために、男に犯されているという現実を。

引き裂かれる。壊れて、しまう。

「や…め……やめ、…て…っ」

破瓜《はか》の痛みは絶大で、決して口にするものかと思っていた惨めったらしい哀願《あいがん》が口を衝《つ》いて出た。どんどん溢れる涙が、こめかみを濡らしている。

「暴れると、よけいに痛いだけだぜ。力を抜いて、ちょっとは協力しろよ」

「う…う…っ」

自分の体なのに、どこをどうすれば力が抜けるのかもわからない。激しい苦痛に浅い息をつきながら、凜は無理だと力なくかぶりを振った。

「手間かけさせやがって。まあ、初物《はつもの》だからしょうがないな」

やれやれとため息をつきながらも、多岐川の口調はどこか楽しそうだ。凜の手首を縛っていたネクタイを外し、その手を両脚の狭間《はざま》に導いた。

感覚が鈍っていた手にも、触れた熱さがはっきりと感じられる。それが熱く濡れそぼった自身であることに気づいて、凜は手を放そうとした。だが、多岐川に掌を重ねられて阻《はば》まれる。

「自分で触ってろ。少しは気が紛れるだろ」

「い…やぁ」

多岐川に手を掴まれて、自身を握らされる。多岐川に押さえつけられているとはいえ、自慰《じい》に等しい行為だった。羞恥に気が遠くなりそうなのに、手の中の自身は萎《な》えるそぶりもなく、嬉しげに打ち震えている。

「ん…っ、ん…ぅ」

多岐川に操《あやつ》られるままに手を上下させれば、愉悦に濡れた吐息が鼻を抜ける。甘く掠れたそれは、無意識の媚態《びたい》を湛えていた。

甘い快感が体中に広がり、じょじょに強ばりが解けていく。多岐川の手が離れても、もうそこから手を離せなかった。

どれほど浅ましい痴態《ちたい》を晒しているか、考える理性など残っていない。そろそろと両手を動かし続ける。快感に溺れてしまえば、苦痛から逃れられる。その一心だった。

「息を吐け。ゆっくりと……そうだ、いい子だな」

独特の色気を孕んだ低音で凛を宥《なだ》めながら、多岐川がじりじりと縫うようにして進んでくる。慎重《しんちょう》な動きがかえって、男の熱量と容積を如実に知らしめた。快感に弛緩《しかん》しかけていた体が竦む。

「こっちに集中していろ」

ひくひくと浅い呼吸を繰り返していると、手の中の紅く濡れそぼった性器の先端をなぞられた。激しく高鳴る胸先までも弄られて、男を押し包んだ粘膜が柔らかく蕩ける。

「あ、あ……やぁ…、あー……んっ」

その隙を逃さず、生々しく濡れた音を立てて多岐川が進んでくる。まだあるのかと驚いて見開いた瞳に、多岐川の貌が映った。

男らしい眉をひそめ、額にはうっすらと汗を浮かべている。さきほどまでの、欲望の存在さえ感じさせなかった表情とは大違いだった。

多岐川が欲情している。獰猛《どうもう》な欲望を湛えたまなざしに射竦められ、恐れでも嫌悪でもない不可思議な感情が凜の胸を打った。これは、いったいなんだろう……。

「あ…ぁ…ッ」

軽く揺すり上げられて、その感情の正体を摑むまえに思考が途切れた。奥の奥までみっちりと塞がれ、凄まじい充溢感《じゅういつかん》に力なく喘ぐ。

「きついな。……だが、俺以外知らない体ってのもいいもんだ」

最奥まで凜を征服した男が悦に入った呟きを落とす。耳朶《じだ》を掠める熱い吐息に、肌だけでなく、男を受け入れた部分までがざわめいた。

自分のものとは異なる鼓動が、奥深くから響いてくる。

本当に、多岐川と体を繋げているのだ。まざまざと実感する。

他人と体を繋げるということは、体温を一つに溶け合わせ、鼓動を共鳴させることなのだ。生まれて初めて知った。

「どうだ？　慣れてきたか」

「あ…ぅ、ぅ…っ」

入れられたまま乳首を弄られると、腰の奥がぞくりと熱く疼いた。細く鋭敏な神経が、胸から腰の奥に直接繋がっているようだ。

尖ったままの突起を甘嚙みされ、吸われて、熱い痺れが肌を這う。しだいにそれは大きな悦楽の波となってうねり、痛みを押しやった。

沈めたそれで緩く中を擦られて、明確な快感が生じる。犯されたそこが柔らかく綻び、男を締めつけていた。内部の蠢きに合わせて、抱え上げられた腿が小さく攣れる。

凜の手の中では、紅く熟れた果実がいまにも弾けそうになっていた。あともう少し。もどかしさに駆られて手を動かせば、視界の端で多岐川がにやりと笑うのが見えた。

「あ、あ…っ」

勢いをつけて腰を押し込まれ、ぞくぞくっと体が震えた。腰が勝手に浮き上がり、円を描くように揺れる。

「すごい眺めだな。俺のものを銜《くわ》え込んで腰を振りながら、それでも足りなくて自分で弄ってるなんて」

「い…や……」

言わないで、とかぶりを振りながらも自身を慰める手の動きを止められなかった。快感が途切れれば、またあの痛みが襲ってくるのではないか。それが怖かった。

「嫌なら、どうしてそんなに紅くなるまで擦ってるんだ？　ぬるぬるじゃないか」

「あう…っ」

多岐川にゆっくりと揺さぶられ、潤んだ内部を硬いもので擦られると、総毛立つほどの快感が湧き起こった。

「は…ふ、っ…」

慎重な動きはそれでも、初めての凜には強すぎる刺激をもたらした。粘膜を擦られるたび、じっとしていられないような熱感が生じて凜をおかしくさせる。

「快いみたいだな。中がとろとろになって絡んでくる」

「や…、ちが…ぅ…」

「違うなら、なんなんだ？　言えよ」

「あ、ぁっ」

さっきより勢いをつけて腰を叩きつけられると、手の中の果実が喜悦に跳ね上がった。もう出てしまう。啜《すす》り泣きながら、弾けそうになっている欲望を押さえつけた。

射精の衝動をなんとかしてやり過ごそうとする。多岐川に貫《つらぬ》かれて射精してしまえば、自然の摂理《せつり》と倫理に反したこの行為を、そしてこの理不尽な男を受け入れてしまうことになる。それだけはだめだ。

「見ろよ、どんな貌で俺を銜え込んでいるのか」

多岐川が凜の細い顎先を摑んで、縁側《えんがわ》へと向ける。闇が落ちた庭を背景に、皓々《こうこう》と明かりの灯る室内の様子が窓ガラスに映し出されていた。

「……あ…っ」

身にまとっているのは、ボタンのちぎれたワイシャツだけ。それに腕を通しただけのあられもない格好で、大きく開いた両脚の狭間に深々と男の欲望を打ち込まれている。

遠目にも、太い雄芯を嵌《は》め込まれて捲《めく》れ上がった柔襞が扇情的《せんじょうてき》な紅色に色づき、なにかを食むようにひくひくと震えているのが見て取れた。自ら付け根を押さえた花芯はたまらなさそうに揺れながら、ねっとりとした蜜を振り零している。

おぞましい――。

息が止まりそうなほど淫靡《いんび》な光景だった。自分の体に、こんなにも浅ましい器官が存在していたなんて。

顎を掴む多岐川の力は強く、窓ガラスに向けられた顔を背けることができない。それだけでなく、なぜか視線を逸らすことも、目を閉じることもできなかった。

「初めてだってのに、ずいぶん覚えがいいな。うまそうに銜え込んでる」

男に揶揄されて、凜はやっと目をつむった。屈辱と羞恥がさらなる官能を煽《あお》る。じゅくじゅくと熟れた先端が灼けつくようで、根元を押さえている指先がぶるぶると震えた。

「きついくせに、突いてやると柔らかく蕩ける。わかるか？」

「あっあ、あ…っ」

深く埋め込んだままで腰を揺すられると、多岐川の牡に絡みつく自分の内部の淫らさを嫌でも自覚させられた。いったい、自分の体はどうしてしまったのだろう。

「俺から搾《しぼ》り取ろうってのか？」

「……ちが…、あぁ…っ」

ずんと大きく突き上げられて、頭頂にまで快感が突き抜けた。手の中でとろとろに濡れた性器が大きく弾む。

「う…ごか、な…で…っ」

「動くなって言ったって、おまえが腰を振ってるんだろうが」

動かそうとも思っていないのに、もじもじと腰が揺れていた。多岐川が動きを止めると、物足りないと訴えるように襞の一枚一枚がざわざわと蠢き、吸いつく。信じがたいほど、精緻《せいち》で貪婪《どんらん》な動きだった。

「十億ぶん、たっぷり愉しませてもらうぜ」

鼓膜が蕩けそうな声で囁き、多岐川が本格的に律動を開始する。深くに収められていた猛々《たけだけ》しい楔がずるりと濡れた音を立てながら、外に向かって引き出された。

「ひあ…んっ」

絡みつく柔襞ごと引きずり出されるような感覚に、体が弓なりに反り返る。激しい快感に脳が眩《くら》み、はしたなく濡れた悲鳴が口を衝いて出た。

息をつく暇もなく、愉悦に波打ちながら閉じかけた花筒を切り裂いて、硬く大きな楔が突き進んでくる。

「あ、は…あ、ぁ…ん、っ」

刻まれる律動のリズムに合わせて、濡れきった嬌声《きょうせい》が次々に零れ落ちた。それを恥じ入る余裕はもうなく、激しく突き上げる男の動きに揺さぶられるだけだ。

指先までが悦楽に犯され、力が入らなくなる。根元を押さえつけていた指が、くたりと離れた。縛《いまし》めをなくした果実は熟しきったあざやかな紅色に濡れそぼち、浅ましく揺れている。

「ひ、や…あぁ…ッ」

張り出した先端が、おかしくなるほど感じるあの場所を掠めて、凜の声が高く跳ね上がった。

「ここだろ？　奥まで、きゅんって窄まったぜ」

自身の淫らな反応をあげつらう台詞にさえも、感じてしまう。感じる場所に切っ先を突き立てられると、びくびくと腰がうねった。それと同じリズムで、内壁が男を絞り上げる。

「そんなに欲しいなら、中に出してやる」

「……ぅ」

嫌だ。多岐川の告げた行為を想像しただけで、おぞましさに震えが走った。けれど、凛の感情とは裏腹に、ひくひくと蠢く内壁が剛直に巻きつくようにして多岐川を締め上げてしまう。まるで、男の精を欲しがっているようだった。

「いくら欲しいからって、焦るなよ」

「や……ちが、あ、ぁ…んっ」

激しく突き上げられて、否定する声が嬌声に変わる。自己嫌悪に唇を噛んだのもつかの間、煽るように弱みを抉られてあっけなく唇は解け、甘ったるい喘ぎを零し続ける羽目になる。

「あっ……あ、う……あんっ、あっ」

執拗に弱みを責められて、凛は畳に爪を立てて悶《もだ》えた。

「また達きそうなのか？　ぐちゃぐちゃになってるぜ」

「あ…っ、あ、あ…っ」

大きな掌で花蜜に塗れた果実を捉えられる。男の動きに合わせて、そこかしこからくちくちと卑猥な音が聞こえた。

「ひ…っ」

体ごと浮き上がるような突き上げに視界が白熱する。狭隘な襞を押し広げられ、深々と穿たれて、抗いがたい絶頂の波が凛を攫《さら》った。

「ああぁ…っ」

ひときわあざやかな嬌声を放ち、濃密な滴りを噴き上げる。長く堪えていたぶんだけそれは豊潤《ほうじゅん》に飛び散り、凛の顎先までを濡らした。

ついに——。

解放感とは裏腹な絶望が押し寄せてくる。多岐川と体を繋げたまま、絶頂を極めたことがショックだった。

屈辱的な絶頂はしかし、おぞましいほどに深い快感をもたらした。吐精を終えてなお、細い腰はがくがくと卑猥な弧を描いて揺れている。多岐川はわざとリズムを違えて、余韻《よいん》に悶える腰を大きく掻き乱した。

「ひ…っ、ぅ…ぅ」

治まらない絶頂感に波打つ襞を強く抉られる。叩きつける男の動きに合わせて、尖った息が引き攣った横隔膜から押し出された。

「っ…く……ふ……ん…っ」

数度強く奥の奥まで突き上げると、多岐川は宣言どおり凜の内部に欲情を解き放った。体内に溢れる熱を感じ、びくびくっと粘膜が痙攣する。男の精を余さず啜るような、淫猥な動きだった。

「あ…あ…ぁっ」

不規則に痙攣しながら、凜は注《そそ》ぎ込まれる灼熱の奔流《ほんりゅう》を感じていた。放熱は信じられないほど長く、しかも男は奥へと送り込むように突き上げてくる。

「い…や…ぁ」

本来濡れるはずのない場所をねっとりとした感触が伝う。初めて経験するおぞましい感覚に肌が粟立った。

たっぷりと注ぎ終えてからも、多岐川は硬さを失わない刀身でぬるぬると内部を擦り上げる動きをやめようとしない。孕ませようとするかのような動きに、放たれたそれが少しずつ染み渡っていくような錯覚がする。

「俺の形を覚えろ。俺に馴染め」

穢《けが》された。溢れそうなほどのそれは、征服の証《あかし》だった。

自分は本当に、多岐川に買われたのだ。

灼けつくような屈辱と絶望に目眩《めまい》がする。

自尊心を踏み躙《にじ》られ、辱《はずかし》められて、なのに快感を得てしまった。

堕《お》ちていく。

どうあがいても、決して戻れない場所へと。

「おまえは俺のものだ。――これから、一生」

それは凜にとって、運命の宣告に等しかった。

二

あのドアを抜ければ、外に出られる。

息を殺してリビングを抜け、凛は玄関脇の部屋をそっと覗いた。

トランクルームを改造した部屋には、警備用のモニターが置いてある。いまは、凛の監視も兼ねているのだろう。

そのまえで、見張り役が居眠りをしていた。多岐川の子飼いの舎弟で、勇次《ゆうじ》という若い男だ。部屋を抜け出した時点で現れなかったから、もしかしてと期待したのだが、案の定だった。

この機会を逃してはならない。多岐川のマンションに連れてこられてから一週間、ついに待っていたチャンスが巡ってきたのだ。

靴が見当たらなかったが、靴箱の中を探す余裕はない。早く、逃げなければ。

裸足《はだし》のまま三和土《たたき》に降り立った、まさにそのときだった。

「なにをしている」

「……っ」

背後から多岐川の声がして、凜は一歩踏み出した格好のまま凍りついた。

いつの間に帰ってきたのだろう。昨日の夕方から姿を見なかったから、留守だとばかり思っていた。

「鬼ごっこでもしたくなったのか？」

「ひ、…」

大きな手に二の腕を掴み締められ、喉がぶざまに鳴った。凜を見下ろす、笑みの形に撓った男の瞳は酷薄そのものだ。

希望が、絶望に変わる。凜は瞬時に、自分の失敗を悟《さと》った。

「勇次」

多岐川の鋭い声に、モニタールームの椅子で舟を漕《こ》いでいた勇次が飛び起きる。

「す、すみませんっ」

「ちゃんと見張ってろ。油断してると、逃げられちまうぜ」

凄い勢いで、勇次は床に額を擦りつけた。多岐川に絶対の服従を誓っているらしい。舎弟たちからは皆、信仰に近い多岐川への尊敬と忠誠が感じられた。

「逃げ出そうとするなんて、いい度胸してるじゃねぇか」

「や、やだ…っ、放せ…っ」

なんとかして男の手を引き剝がそうとするが、まったく歯が立たない。玄関に向けて差し伸べた手が虚《むな》しく空を掻き、凜は掌に爪が食い込むほど強く拳《こぶし》を握り締めた。

「やっぱり、鎖《くさり》をつけとかなきゃだめか」

「いや、だ…っ！」

多岐川が思わせぶりなしぐさで凜の首筋を撫でる。昨日までそこにあった首輪と鎖の重みが生々しく蘇り、凜は身震いした。

葬儀の翌日、凜はさっそく多岐川のマンションに連れていかれた。必要な身の回りの荷物だけを持って。以来、多岐川と暮らすことを余儀なくされている。

港区にあるここは、多岐川が所有するマンションの一つらしい。近くには会長である父が暮らす実家があるようだが、多岐川はおもにこちらで生活していた。

最上階にある部屋はメゾネット形式になっており、吹き抜けのある贅沢な造りだ。リビングやパーティルームなどがある一階部分には、警護と身の回りの世話のために舎弟数人が詰めている。それに対し、二階部分は書斎や寝室といったプライベートな空間に使われており、凜もそこに一室を与えられた。

作りつけのクローゼットに、机と本棚とベッド。凜の持ちものと言えば、自宅から持ってきた衣類と教科書などの書籍くらいで、あとはすべて多岐川に買い与えられたものだ。

否も応もなかった。多岐川が他の業者への借金を肩代わりするだけでなく、卒業までの学費と生活費の面倒を見てくれることになったのだ。――一切の自由と引き換えに。

『これから先の人生をすべて、俺に売り渡せばいい』

言葉どおり、多岐川に買われたのだ。体も人生も、なにもかも。

『いい体だ。初めてだってのに、尻だけで達くとは素質があるぜ。俺を根元まで銜え込んで、いやらしく腰を振ってたな。何度達ったか、覚えてるか？』

初めて抱かれたあと、淫靡な思い出し笑いを浮かべた多岐川にあてこすられて、凜はぐうの音も出なかった。

たぶん、覚えている限りでは三度だ。最後のほうは記憶が曖昧で、何度抱かれたのかはっきりと覚えていない。多岐川が体を離した際、窄まりから零れ落ちた精液が畳を濡らした光景がやけに鮮明に記憶に残っていた。

穢されたと思った。どれほど洗っても消えることのない、所有の証を刻まれたのだ。

蹂躙され、陵辱されたのに快楽を感じてしまった自分が信じられなかった。認めたくなかったのだ。快感を得たことも、多岐川に屈服《くっぷく》してしまったことも。

『おまえは俺のものだ。――これから、一生』

いまだに、鼓膜には多岐川の言葉が呪詛《じゅそ》のようにこびりついている。

そうしてここに来てすぐ、凛はその言葉の意味を嫌というほど思い知らされた。首輪をつけられ、鎖でヘッドボードに繋がれたのだ。動物か、囚人のように。

ラバトリーには行けるが、部屋から出るには鎖の長さが足りない。衣服をまとうことさえ赦《ゆる》されず、凛は多岐川に与えられた一室に閉じ込められた。

そのあいだに行われたのは、徹底的な調教だ。凛にとって多岐川が、絶対的な支配者であることを教え込むための。

なにを思ったものか、多岐川は自身で凛を犯すことだけはしなかったが、あらゆる淫具を使って凛を責め立てた。

最初は、小さな卵ほどのローターだった。それからじょじょにサイズが大きくなり、全体にびっしりといやらしい突起が生えたものや、本物に劣《おと》らない複雑な動きをするもの、透明なクリスタル製のものなど、さまざまな淫具を使われた。それと同時に、乳首をローターで嬲られたこともある。

『すっかりオモチャが気に入ったみたいだな』

極めるまで責められ、我慢できなくて射精すれば淫らだと嘲《あざけ》られる。その繰り返しだった。意思を持たない無機質な淫具に、何度屈辱の涙と悦楽の証を搾り取られたことか。

昨日も、疲労して寝ていた凛を叩き起こしてひとしきり弄《もてあそ》んでから、多岐川は出かけていった。

そのときに首輪を外されたのだが、今日になっても多岐川は現れず、拘束《こうそく》はされなかった。

どれほど耳を澄ましても、家中はしんとしていて人の気配がしない。恐る恐る部屋のドアに触れると、あっさりと開いた。

逃げ出すには絶好のチャンスだ。凜は痛いほど高鳴る鼓動を持て余しながら階段を降り、リビングを抜けた。しかし、玄関まで辿《たど》り着いたところで、多岐川に捕まってしまったのだ。

「おまえがいい子にしてりゃ、家の中くらいは自由にさせてやろうと思ったんだがな」

「いやだ、やだ、放せ…っ！」

荷物のように凜を背中に担《かつ》ぎ上げ、多岐川が階段を上がっていく。男の背中を拳で叩いたが、その足取りは揺るぎもしなかった。

「これまでの躾《しつ》け方が甘かったか」

「……っ！」

脚で蹴ってドアを開けると、多岐川はつかつかとベッドに歩み寄り、凜を落とした。手荒い仕打ちに視界がぶれ、スプリングが大きく軋む。

「馬鹿な真似をした、お仕置きをしないとな」

伸しかかってきた多岐川が、衝撃に跳ねる凜の体を押さえつける。見下ろしてくる双眸は抑制された怒りを湛えており、凜は背中に冷たい汗が滲むのを感じた。

「おまえには二十億近い金がかかってんだ。誰が逃がすか」

父親への融資分と損失額、それに他の業者への借金を肩代わりした合計の金額だ。

片手で凜の手首を一まとめに押さえつけ、多岐川がベッドサイドの引き出しを探る。そこには、潤滑剤の類《たぐい》があるはずだった。

また玩具を使って弄ばれるのか。

いったんは自由になれると思っただけに落胆《らくたん》は大きく、凜の抵抗を鈍らせる。もとよりさほど体力があるわけでもないし、連日の陵辱に疲労してもいた。

「や、だ…っ」

「逃げ出した罰だ。おとなしくお仕置きを受けろよ」

ろくな抵抗もできずに衣服を脱がされ、尻を剝き出しにさせられた。

「……っ」

冷たくぬめった指が、窄まりに触れてくる。潤滑剤のようだ。連日繰り返された弄虐《ろうぎゃく》に、そこはふっくらと綻んでいた。

「すぐに気持ちよくなるぜ」

「……、ぅ……っ」

くすぐるように撫でていた指が、つぷりと中へ差し入れられる。たっぷりと濡れているせいで、さほど痛みはなかった。ぬるりと滑る異様な感覚に肌が粟立つ。逃れようともがく凜の腰を押さえつけ、多岐川は内部にゼリーを塗りつけた。

チューブを搾り出しては指先でゼリーを掬い、内部を潤す。多岐川はその作業を何度も繰り返した。

「これを使われたら、処女だろうが、涎垂らして達きまくるって代物だからな」

「……ん……っ」

多岐川の台詞を不審《ふしん》に思う間もなく、内部に沈めた指をくねくねと揺すられて、押し開かれた凜の内腿が痙攣した。指が触れている粘膜が、じわりと熱くなる。

それだけではない。次の瞬間には全身の毛穴という毛穴がざあっと開き、体温が上昇していく感覚があった。

「い、や……なに……？」

戸惑って身じろぐうちにも、火が点《つ》いたように粘膜が熱くなっていく。そこで、ざわざわと無数の虫が這っているようだった。

熱い。熱くて、――痒《かゆ》い。

「な、に……どうして、……っ」

もじもじと膝《ひざ》を擦り合わせ、シーツに爪を立てて腰を揺する。粘膜が捩れて少しばかり疼きが癒《いや》されるものの、すぐにかえって火照りがひどくなった。

「あっ、あ…っ、いや、痒い…っ」

猛烈な勢いで、異様な熱が全身を侵食する。触れられてもいないのに、両脚の付け根の果実が瞬く間に紅く色づき、はしたなく膨らんでいく。

激しい搔痒感《そうようかん》に苛《さいな》まれ、凛はシーツを引っ搔いて身悶えた。粘膜に素早く吸収された薬は、細胞の一つ一つまでを浸潤《しんじゅん》している。

「疼いてたまらないんだろ？　ここ」

「ひ、あ…ンッ」

熟んだ花弁に指を突き立てられた。火照った粘膜をぐるりと搔き混ぜられて、一瞬の爽快感を味わう。なのに、多岐川は無情にも指を引き抜いてしまった。

「これで擦ってやる」

再び引き出しを探り、多岐川があざやかなピンク色のローターを取り出した。

「いや、……あう…っ」

怖気づいて逃げを打ったが、淫薬に侵された体は凜の思うとおりにはならない。両脚を押さえつけられ、大きく開かされた。

ぐっと圧迫感があって、丸い淫具がめり込んでくる。思いのほかなめらかに、卵型の玩具が挿入されてしまった。

「や、いや、あ……抜いて…っ」

熱くて、痒くて、どうにかなりそうだった。欲火に悶える襞が切なげに蠢きながら、玩具を押し包んでいる。

完熟して硬く撓った果実から、とろりとした花蜜が零れた。それが茎をねっとりと伝い落ちる感触さえ、凜を懊悩《おうのう》させる。欲望に操られ、凜の手が無意識のうちに自身へと伸びた。

「だめだ。そっちは触るな」

「ぁ、ぅ…っ」

多岐川の厳しい声が落ちて、手が止まる。多岐川に両手を摑まれ、胸許へと導かれた。

「こっちだ。乳首を自分で可愛がってみせろよ」

「い…、や…だっ」

つんと凝った感触を指先に感じ、凜は羞恥と驚きに固まった。

「乳首だけで達けたら、ローターは出してやる。だが、五分以内に達けなかったら、ローターのスイッチを入れる。前を縛って、明日の朝まで出せないようにしてやるぜ」

多岐川の台詞に、凜の火照った頬が強ばる。多岐川が要求しているのは、ひどく屈辱的で浅ましい行為だった。

どちらも恥知らずなことに変わりはないけれど、せめてまだ自分自身を慰めさせられたほうがましだ。自ら乳首を愛撫して、射精できるはずがない。しかも、五分以内なんて。

「できな…、そん…な…っ」

「できないはずあるか。この俺がさんざん開発してやっただろうが」

「あう…っ」

鋭利に整った目許を思わせぶりに眇め、多岐川が猥りがわしく尖った乳首を弾く。びりっと電流のような激しい感覚が脳髄まで駆け抜けた。

「ちょっと弄ってやっただけで、またぬるぬるが零れてきたぜ。これならすぐに達けそうだな」

「う…ぅ」

二本の指でぐりぐりと乳首を捏ね回され、はしたなく膨らんだ中心から熱い雫が涙のように溢れる。

「ほら、自分でやってみろよ。もっと弄りたいんだろ?」

嫌だ。したくない。多岐川の目の前で乳首を弄るなんて、できない。

だけど、要求に従わないと体内の玩具は抜いてもらえないのだ。このまま、放置されたら――。ぞっとした。

苛酷な責めへの恐れに理性が軋み、ひび割れる。男に押さえつけられていた凜の指先がおずおずと動きはじめた。

「先っぽを弄ってみろ」

硬く凝った形をなぞっただけで、じんと甘い悦びが這い上がる。身悶えた弾みに、内部に埋め込まれたままの玩具の存在を鮮明に意識させられた。

「摘んで、擦ってみろ。……そうだ、感じるんだろう?」

男の命令どおりに、指を動かす。指先にも、凝った突起の感触がまざまざと伝わってきた。恐々と摘み上げ、指の腹で擦り合せる。

湧き起こる快感の甘さに、しばしば指が止まった。男に促されては愛撫を再開し、快感に硬直する。

「あ…ぁ…あ、っ……」

恥ずかしかった。自分で乳首を弄って、熱くなった体を濡らしてるなんて。

両方の乳首を慰めている自らの姿を脳裡に思い描き、恥辱に絶え入りそうになる。それなのに、異様な昂揚と快感があった。凜の体の中で、快感と羞恥と屈辱がぐちゃぐちゃに渦巻いている。

何分経ったのだろう。息を弾ませながら、凜は震える指先で痛いほど尖った乳首を嬲り続けた。

そのあいだも、淫薬に侵された内奥の疼きはひどくなるばかりだ。なめらかな玩具がぬめぬめと襞を擦るのが、もどかしい。

豊潤に溢れた蜜が白い内腿を濡らしている。あと少し、ほんの少しだ。

「どっちのほうが硬くなってる？　右か、左か？」

「……わか…、な……」

わからない。どっちも、こりこりに凝って疼いている。丸まった爪先がシーツを引っ掻いた。

「しょうがねぇな。だったら、思いきり引っ張ってみろよ」

多岐川の囁きに操られるまま、二本の指で乳首を挟んで引っ張る。力の加減ができなかった。

「あ…ぅっ」

いくつもの火花を散らし、鋭い快感が頭頂にまで突き抜けた。激しい痙攣とともに、昂った花芯がびくびくと震えて弾ける。その瞬間、収縮した内部がきつく玩具を締め上げていた。

「淫乱め。乳首だけで達けたじゃないか」

はあはあと息をついていると、多岐川がシーツにまで飛び散った蜜を見て嗤《わら》った。射精の余韻にひくつく粘膜が、喘ぐように震えながら玩具を押し包んでいる。それを自覚すれば、猛烈な痒みがぶり返した。

「いやらしい色しやがって。おまけに、でかくなってきたんじゃないのか。前はもっと小さくて、可愛らしい色してたのにな」

「や…ぁっ」

ひりつくように敏感になっている乳首を摘まれて、凜の瞳から涙が溢れる。恥ずかしくて、情けなかった。自分で乳首を弄って、射精してしまうなんて。

けれど、これでやっと玩具を抜いてもらえる。それだけが凜にとって救いだった。たとえ、自分から懇願《こんがん》しなければならないとしてもだ。

「……いて、ください」

「ああ？　この程度で赦されると思ってるのか」

多岐川は狡猾《こうかつ》な微笑を浮かべ、凜の願いをにべもなく却下した。自分のネクタイを引き抜き、凜の両手を後ろ手に縛り上げる。

これでは、要求に従えなかったときと同じではないか。凜がはっとしたときには、多岐川はローターのリモコンを手にしていた。

「お仕置きはまだまだこれからだぜ」

「……ひど……い、……嘘つき……っ」

抜いてくれると言ったのに。じゅくじゅくと爛《ただ》れたような粘膜が狂いそうに火照っている。切なさと悔しさに、凜は涙の滲んだ瞳で男を睨んだ。

「大嫌いなヤクザの言うことなんか、信じるなよ」

多岐川がにやりと笑い、ローターのスイッチを入れた。

「あぁぁ……っ」

虫の羽音のような音とともに内奥で玩具が振動し、凜は振り絞るような嬌声を上げて仰け反った。

「何度逃げたって、どこへ逃げたって無駄だ。探し出して、連れ戻してやる」

左右に体を捩って身悶える凜を、多岐川が押さえつける。

照明を背にした男の瞳が金色の光彩を帯びて、冷酷に耿った。

「……っ」

ふっと熱く濡れた吐息が洩れて、凜は小さく唇を嚙んだ。周囲は講義が終了したばかりでざわついており、誰も凜に注意を払う者はいなかった。

体の奥が、熱い。

絶え間ない異物感が凜を苛んでいる。新学期がはじまって一週間、やっと大学への通学を赦されたものの、それと引き換えに凜は玩具の挿入を義務づけられていた。逃亡を防ぐためだ。

勝手に抜き取ろうものなら、苛酷な罰が待っている。先日、使用された催淫剤の効果は絶大で、凜は正気を失いかけた。もう二度とあんな思いはしたくない。

あの日は、ローターを挿入されて射精できないように前を縛められ、朝まで放置された。抜き出したくとも、手を縛られていてはできない。

何度も気が遠のきかけては、内部から響いてくる淫らな動きに意識を引き戻される。けれど、どれほど昂っても欲情を解放することは赦されないのだ。

こんな玩具なんかに、感じたくない。感じたく、ないのに――。

意思を持たない無機質な物体によって極めるくらいなら、まだ多岐川のほうがましではないのか。淫具で苛まれる惨めさに、ついそんな考えすら頭を過った。

行き場のない欲情が濁流《だくりゅう》のように体中を駆け巡る。快感はもはや苦痛でしかなく、凜は地獄の苦しみを味わった。

そのあいだ、多岐川は悶え苦しむ凜を肴にグラスを傾けていた。時折、携帯にかかってきた部下からの連絡に指示を出す。恐ろしいほどに冷静で落ち着き払った声音は、有能な実業家そのものだった。

それが終わると、気まぐれに振動の強弱や動きを変えたり、じっとりと濡れた果実の先端をなぞったりする。そのたびに凜は悲鳴を上げて、激しく身悶えた。

永遠に明けないのではないかと思うほど、長い夜だった。ようやく朝陽が射し込みはじめたときには、身も心もすっかり消耗しきっていた。

『これに懲《こ》りたら、逃げ出さないことだな』

『あぁ…っ』

長く異物を銜え込ませられたせいで、熱いぬかるみのようになったそこから玩具を引き抜かれる。ふっくらと綻んだ花弁を割って玩具が顔を出した瞬間、凜はか細く叫んで四肢をぶるぶると震わせた。朦朧《もうろう》としていた頭の中が白く弾ける。性器を縛られたまま、軽い絶頂に達してしまったのだ。

『本当に好きものだな』

多岐川が内腿を伝った白い雫を拭い取り、凜に見せつける。舌を噛み切りたいほどの屈辱だった。多岐川自身に貫かれるならまだしも、玩具に穿たれて、後ろだけの刺激で達してしまうなんて。

心と体はべつだ。そう割り切るしかなかった。でないと、羞恥と怒りに押し潰されてしまいそうだった。

屈辱だけで死ねるなら、最初に辱められたあの夜に死んでいる。いまさら舌を噛み切っても犬死だ。

なにがあっても、死んではならない。両親を死に追いやった多岐川に、復讐してやる。青白い憎悪の炎が凜の裡《うち》で燃えていた。

九曜会の若頭である多岐川に対し、復讐を遂げるのは難しいだろう。それでも、両親を死なせ、自分をこれほど惨めな境遇に陥《おとしい》れた男に少しでも意趣返しがしたかった。

そうしなければ、――一生、飼い殺しにされるだけだ。

気まぐれな男のこと、いつ気が変わるかもしれない。だからといって、解放されるとは限らないのだ。どこかへ売り飛ばされるか、それとも今度こそ臓器を売ることになるか。

そうなるまえに、どんな手段でもいいから多岐川に報復したかった。

逃亡に失敗して一晩がかりで責められてから、凜は従順に振る舞った。反抗する気概《きがい》をすっかり失ったふりをしたのだ。

毎日のように妖《あや》しげな性具を用いられ、後ろだけで達くことを強要される。多岐川が躾と称する淫らな仕打ちにも、歯を食い縛って耐えた。

その甲斐あってか、大学への通学が許可されたのだ。もっとも多岐川は、凜に釘を刺すことを忘れなかった。

『おトモダチが大事なら、下手なことするなよ。善良な一般市民に、迷惑をかけることになるぜ』

友人に助けを求めれば、彼らを巻き込むことになる、というわけだ。

父が事業に失敗し、両親が心中したことはみんなのあいだにも広まっていた。友人たちは凜を気遣い、以前と変わらぬ態度で接してくれる。そんな彼らにさえ、父の知人に世話になることになったと偽《いつわ》り、距離を置いてつきあわなければならないのはつらかった。

それでも、大学へ通えるようになっただけましだ。マンションから大学のあいだを多岐川の部下に送り迎えされ、通学以外の外出を赦されないとしても。

今日も、門の近くに迎えの車が待っているだろう。このままマンションに連れ帰られるのかと思うと憂鬱《ゆううつ》だった。多岐川がいるかもしれない。

大学構内でも見張りがつけられていて、凜は始終彼らの視線に晒されていた。いかにもいまどきの若者といった雰囲気の三人は、見事に周囲の学生たちに溶け込んでいる。

彼らの気配を感じつつ、のろのろと校門へ向かった。体の奥を刺激しないように、できるだけ慎重な動きで。

門を出た凜は、そこに信じられない人物の姿を見て立ち竦んだ。

「遅いな。十二時半過ぎてるじゃないか」

多岐川が苛立《いらだ》たしげに吐き捨てて、吸い差しの煙草をアスファルトに投げ捨てる。

どれほど上質のスーツをまとっていても、並々ならぬ迫力は隠しきれず、学生たちは多岐川を遠巻きにして通り過ぎていく。

「……どうして、……」

呆然とする凜の腕を、多岐川が当然の権利とばかりに掴んだ。

「出かけるぞ」

「っ、……」

車から降りて一歩踏み出したとたん、凜は危うくはしたない声が洩れそうになり、唇を嚙み締めた。込み上げる愉悦に目許はほの紅く染まり、頰は艶やかに火照っている。

「そんなにいまにも涎を垂らしそうな貌してると、いやらしいオモチャを銜え込んでるって気づかれるぞ」

「…ぅ」

欲情した雌犬みたいだぜ、と囁かれ、凜は消え入りたい心持ちで顔を伏せた。

それもこれも、多岐川が何度か玩具を作動させたせいだ。

動きを止めた玩具はいま、凜の中で息をひそめている。すっかり体温に馴染んでいたが、異物感は消えない。多岐川がいつまた気まぐれを起こして、スイッチを入れるかわからないという不安があった。

多岐川に連れられたのは、都心にある一軒家だった。レストランらしく、時代がかった建物は和洋折衷《わようせっちゅう》の凝った意匠が施《ほどこ》されていたが、凜にはもちろん眺めて愉しむ余裕などない。

多岐川に抱えられるようにして、店内に向かう。脚の筋肉の動きが内部の深い部分にまで響き、凜を苦しめた。擦れる布地の感触もたまらない。

エントランスを抜けると、二間続きの部屋があった。全体の佇《たたず》まいは和風だが、ケヤキの寄木張りの床には絨毯《じゅうたん》が敷かれ、時代がかったアンティーク家具が置かれている。

建築されたころは居間だったのかもしれない。いまはウエイティングバーとして使われているらしく、豪奢《ごうしゃ》なゴブラン織りのソファが置かれ、一人の男がグラスを傾けていた。

その姿を認めるなり、多岐川の表情がふっと緩む。

「待たせたな、玲一《れいいち》」

「いや。俺も来たばかりだ」

多岐川の声に男が振り返る。目を瞠るほど、うつくしい男だった。細面の輪郭《りんかく》に、整ったパーツがバランスよく配されている。フレームレスの眼鏡の下には、艶《なま》めかしく切れ上がった瞳があった。

鋭く研ぎ澄まされた氷のように、冷ややかな美貌だ。整いすぎて近寄りがたいほどなのに、匂い立つような色気がある。

「じゃ、行くか」

「そうだな」

玲一と呼ばれた男がソファから立ち上がる。多岐川より身長は低いものの、細身の体軀はしなやかな力強さがあった。

最初から番《つが》いで生まれてきたのではないか。それほどに、多岐川と男は見事な好対照を成していた。まるで、相手が傍《かたわ》らにあることで自分がより輝きを増すことを互いに知っているかのように。

わけもなく、ずきりと胸が疼いた。多岐川から友人として認められ、対等に扱われているこの男に引き換え、自分は——。

「これがおまえの仔猫ちゃんか」

それはもしかして、自分のことだろうか。美貌の男からじっと見つめられて、凜は困惑に睫《まつげ》を瞬かせた。

男の怜悧《れいり》なまなざしに、自分の体がどんなはしたない状態なのかを見透かされてしまいそうで怖くなる。

男の言葉に反応したのは、凜より多岐川のほうが早かった。

「妙なことを言うな」

「事実を言ったまでだ」

しれっとした貌であしらわれ、多岐川が渋面《じゅうめん》になる。多岐川を前にしても、男にはまったく臆《おく》した様子はない。多岐川の素性を知らないのか、それとも同類なのか。

きっちりとスーツを着込んだ外見はエリートサラリーマンか実業家のようで、暴力団関係者にはとうてい見えない。だが、いまどき一目見てそれとわかる者のほうが少ないだろう。なにしろ、多岐川からしてそうなのだから。

「ようやく仔猫ちゃんを披露《ひろう》してくれるっていうから、楽しみにして来たんだぜ」

「披露するほどのもんじゃない。まだ躾け中だ」

「おまえが自分で躾けることじたい、珍しいじゃないか」

どうやらこの男にまで、多岐川との関係を知られているようだ。恥ずかしさと情けなさに、この場から消えてしまいたくなる。

俯《うつむ》いていると、しなやかな指に顎先を掬い上げられた。ほっそりとした先細りの、形のよい指。玲一のものだ。

「ふうん？」

驚きに固まっていると、玲一に顔を覗き込まれる。

矯《た》めつ眇めつされて居心地が悪いのに、どうしてか頤に添えられた指を振り払えなかった。玲一の双眸に、自分が映り込んでいる。それを目にすれば、まるで幻惑《げんわく》されたような気分になった。

「可愛いな。俺も気に入ったぜ」

息を呑むような美貌が近づいてくる。艶めかしい吐息が頬を掠めた。まさか。

唇が触れそうになったその瞬間、玲一が小さく吹き出した。

「冗談だ。安心しな」

揶揄《からか》われたのだ。それを機に魔法から醒めた凜は、肩を揺らしている玲一を睨みつけた。

「多岐川にちゃんと可愛がってもらってるか？」

「お…俺は、猫じゃありません」

多岐川に可愛がられたくなんてない。声を出しただけで最奥に刺激が走り、凜は唇を震わせた。本当は立っているのもつらい。

「可愛い貌してるのに、気が強いんだな。おまえが気に入るはずだ」

「気に入るもなにも、成り行きだ」

多岐川がむっつりと返す。玲一を見るなり、目許を和《やわ》らげた表情とは大違いだ。

成り行き、だったのか。多岐川の許に連れられて三週間近く経って、凜は自分が買い取られた理由を知った。

融資した金を回収できず、さらに多額の損失を被ったとあって、多岐川は鬱憤《うっぷん》晴《ば》らしのために凜を買い取ったのだろう。他の業者への借金を肩代わりしてくれた理由は定《さだ》かではないが、もしかしたら『躾』のあとで売り飛ばすつもりなのかもしれない。

ガキは趣味じゃない、との言葉どおり、多岐川にとって凜は守備範囲外なのだろう。だから、玩具で責め苛むだけで抱かないのだ。

「意地を張るなよ。いくら俺だって、おまえのお気に入りに手を出したりしないさ」

「だから、気に入りなんかじゃないって言っているだろう」

「名前は？　お嬢ちゃん」

多岐川の抗議を無視し、玲一が凜を振り返った。切れ長の瞳はおもしろそうな光を湛え、凜の反応を窺っている。

「その呼び方はよしてください」

「だったら、仔猫ちゃんのほうがいいか？」

一筋縄ではいかない相手のようだ。もしかしたら多岐川より上手かもしれない。これからずっと仔猫呼ばわりされるよりはましだと、凜は渋々口を開いた。

「白石凜です」

「へぇ。いい名前じゃないか。よく合ってるな」

玲一は多岐川と同じ台詞を口にした。さすが、友人だけのことはある。

「俺は九重《ここのえ》玲一だ。多岐川とは学生時代からのつきあいになる。いまは、仕事上のパートナーだ」

やはり、この男も九曜会と関係があるのだ。多岐川は表向きは不動産会社などいくつかの企業の代表として、一般社会に深く食い込んでいる。パートナーというからには、玲一もその資金稼ぎに協力をしているのだろう。

凜がこれまで知っていた世界と、多岐川たちが住む世界はあまりにも違った。ふつうとはまるきり異なる法則で物事が動いている。だからこそこの男も、友人である多岐川が借金のかたに男を買ったと知っても平然としているのだろう。

そこでタキシードを着た支配人らしき男が現れ、食事の用意が整ったことを告げた。その場にうずくまりそうになる凜の腕を掴んで、多岐川が隣室へと引き立てていく。ウェイターたちは礼儀正しい無関心さを装《よそお》ってくれた。

瀟洒《しょうしゃ》なダイニングルームにはいくつかテーブルがあったが、他の客の姿は見られない。少しでも人目が少ないほうが、凜にとってはありがたかった。ささいな動作でも内部に刺激が生じるため、慎重に椅子に腰を下ろす。

玩具で掻き乱された襞は火照る一方で、ずきずきと疼いていた。尖った乳首がシャツに擦れる刺激さえも甘い快感となって凜を苛む。じわじわととろ火で煮詰められていくような気分だった。饗《きょう》されたのは凝った盛りつけのフランス懐石料理だったが、味を愉しむどころではない。

「例の件だが、川上《かわかみ》は是が非でもあのビルが欲しいらしいな。協和《きょうわ》クリエイトに、しつこくアプローチを続けてるらしいぜ」

多岐川たちは昼間だというのに何万もするワインを傾けながら、話をはじめた。聞いたところでわからないと思っているのか、逃げ出せないから情報が洩れないと侮っているのか、凜の存在などお構いなしだ。

「叔父貴のやつ、山羊《やぎ》に似た人のよさそうな貌して、やることが汚いな」

「ただの紙じゃなくて、札束がなによりの好物なんだろう」

「違いない」

玲一の皮肉に、多岐川が笑う。友人同士のくつろいだ会話のようだが、よく聞けばシノギの話らしかった。ウェイターの姿はない。だが、立ち入った話をするからには、この店も多岐川の支配下にあるのだろう。

「邪魔が入らなければ、十五億は固かったんだがな」

「仕方ないさ。しばらくほとぼりが冷めるのを待ったほうが賢明だ」

意外にも、玲一のほうが深く関わっているらしい。体内の異物から意識を逸らしたくて、凜は二人の会話に耳を傾け続けた。多岐川の弱みを握れるかもしれないという期待もあった。

どうやら多岐川は、新宿の繁華街にあるビルの所有権を巡って川上という人物と争《あらそ》っているようだ。転売して利益を上げる目的で複雑な所有権を一本化したところ、川上が割り込んできた、ということらしい。

「あんまりうるさいようなら、ここらでけりをつけないとならないだろうな」

岩牡蠣《いわがき》を平らげながら、多岐川が呟く。明日の天気の話でもするような、なんの力みもない口調だった。

「いいのか？　親父さんはことを荒立てたくないんだろう？」

「川上の叔父貴が三和会《さんわ》系の組とひそかに通じてるとあっちゃ、親父も黙っていられないさ。杯《さかずき》交わした弟分に裏切られるなんて、親父もついてないな」

叔父貴といっても、血の繋がった本当の叔父ではないようだ。もっとも多岐川なら、実の叔父だろうが容赦しないだろう。それだけの非情さがある男だ。

「小食だな。いつもそうなのか」

「……え」

顔を上げると、斜《なな》め前にいる玲一と目が合った。凛の皿には、鴨《かも》のコンフィがほとんど手つかずになっている。前菜は啄んだ程度で、さやいんげんのポタージュスープは数口だけ。挿入された玩具が気になり、食べるどころではなかった。

「心配は無用だ。こいつには、他のものを食わせてある」

「あっ……！」

多岐川が背広の内側に手を入れる。とたん中心から鈍い振動に突き上げられて、凛の体が椅子から浮き上がった。多岐川が胸ポケットにあるリモコンを操作したのだ。焦れた襞《じ》が待ちかねたように収縮し、振動する玩具に絡みつく。

「っ…ぅ、……ぅ」

ふるふると肩を震わせながら、膝上のナプキンを握り締めて声を殺す。体中の産毛がそそけ立った。空気の流れさえ感じられそうなほど肌が敏感になっている。

これ以上されたら気が狂ってしまう。やめてと叫びかけたとき、ふいにそれが動きを止めた。

どうしよう。きっと玲一に、知られてしまった。恥ずかしくて、全身の血液が沸騰《ふっとう》しそうになる。

「……そういうことか」

衝撃が治まらない体を丸めていると、玲一の呟きが小さく落ちた。その声には軽蔑《けいべつ》や揶揄とは違う、柔らかな苦笑の響きがあった。

「いい加減にしとけよ。あんまり可愛がり過ぎると、嫌われるぜ」

そっと顔を上げて玲一の反応を窺うと、玲一は咎《とが》める目つきで多岐川を睨んでいた。

「可愛がってるんじゃない。躾だ」

「言ってろ。愉しくてたまらないって貌してるくせに」

軽口にせよ、玲一が多岐川に意見してくれるなんて思わなかった。凜の身を心配しているのではなく、多岐川を揶揄っているだけだろうが、それでも意外だった。

「ちゃんと食えよ。それ以上瘦《や》せちまったら、こいつの寝首掻けないぜ。だいたいその細腰じゃ、多岐川の相手すんのもつらいだろ？」

無駄にでかいからなあ、と玲一が怜悧な美貌にそぐわぬあけすけなことを言う。かあっと頰が燃え上がった。浮世離れした美貌の男に、多岐川と寝たことを知られている。無性に、恥ずかしかった。

玲一にあてこすられた多岐川は怒るでもなく、やれやれといった様子で苦笑している。部下の前では決して見せない表情だった。よほど玲一を信頼し、気に入っているのだろう。

玲一を見つめる多岐川のまなざしは、友人に向けるには甘く、そしていささか複雑な色彩を帯びていた。

——もしかして……。

多岐川は玲一が好きなのではないか。これまでなら、絶対に思い浮かばなかっただろう疑問だ。男の身でありながら多岐川に買われ、玲一の美貌を目の当たりにしたいまだからこそ、そんな疑問が脳裡を過る。

「おまえもちょっとは手加減してやれよ。せっかく手に入れた仔猫ちゃんが寝込んだりしたら、お愉しみが減るぜ」

「俺はそんなヘマはしない」

にやりと多岐川が目を眇めた。生かさず、殺さず、いたぶるつもりなのだ。言い知れぬ恐怖に、背筋がぞくりとした。連動して蕩けた内部が引き締まり、玩具の存在を鮮明に意識させられる。

「よせよ。怖がってるじゃないか」

「やけにこいつの肩を持つんだな」

「言っただろ？　気に入ったって」

玲一が韜晦《とうかい》するような微笑を浮かべ、多岐川を躱《かわ》す。多岐川が渋い表情なのは、玲一が凜を気に入ったことがおもしろくないからだろうか。さきほど生じた疑問のせいで、つい穿った見方をしてしまう。

それから多岐川がリモコンを作動させることはなく、凜はショコラケーキとバニラアイスクリームが乗ったデザートプレートを時間をかけて平らげた。

「食べれたじゃないか。いい子だな」

玲一が満足そうに頷《うなず》く。十一歳も年上の、しかもいくつもの修羅場を潜《くぐ》り抜けてきただろう多岐川や玲一からしてみれば、凜など無力な赤ん坊のようなものなのだろう。

玲一も、父親の会社に関係していたのかもしれない。それでも、不思議と玲一には多岐川に対して抱いたような敵愾心《てきがいしん》が湧いてこなかった。多岐川に対する、遠慮のない物言いのせいかもしれない。

「さて、これで今日は帰らせてもらうぜ」

コーヒーを飲み終えると、玲一は腰を上げた。当てが外れたらしく、多岐川がおやと眉を上げる。

「なんだ、もう帰るのか」

「おまえを見てたら、あいつを可愛がってやりたくなったんだよ。あんまり放っておくと、拗《す》ねちまうからな」

「おまえ一筋の忠犬が拗ねるものか」

玲一の言う『あいつ』は、恋人のようだ。多岐川の眉間《みけん》が不愉快そうに寄せられる。玲一の恋人の存在が気に入らないらしい。

「じゃあな、お嬢ちゃん。今度は多岐川抜きで会おうぜ」

名前を教えたのに、お嬢ちゃん扱いだ。凜がむっと眉を寄せると、玲一は喉を鳴らして笑った。すっかり揶揄われているようだ。

それを機に、食事はお開きとなった。

「一人で歩けます…っ」

「おまえ一人で歩かせたら、いくら時間があっても足らないだろうが」

有無を言わさず、多岐川に腰を抱かれて店を出る。男の体温と硬い体軀を間近に感じ、体の芯に震えが走った。多岐川に初めて征服された、あの夜の出来事が蘇る。

車寄せには車が二台、待っていた。玲一のそれも多岐川と同じ車種だ。それぞれの部下数人が、周囲に目を光らせている。

「じゃあ、またな」

「玲一」

多岐川が背を向けかけた玲一の肩を摑み、引き止める。

「川上の件、おまえも気をつけろよ」

「わかってる」

神妙《しんみょう》に頷いた玲一は、なにごとかを思いついたらしく、ちらりと凜に視線を寄越した。形のよい唇をふっと綻ばせ、多岐川に耳打ちする。

「おまえが言うほど、昔の俺には似てないぜ。この子のほうが可愛い」

ひそやかな囁きが聞こえてきた。聞きたくなくとも、多岐川に腕を取られたままなのだから嫌でも耳に入ってくる。

──あ……。

気まずさに視線を逸らすと、車窓に映った三人の姿が目に飛び込んできた。玲一の横顔に視線が惹きつけられる。

似ている。目許や、鼻筋の形が。

玲一のほうが年上なだけに輪郭がシャープで、全体として洗練《せんれん》されて隙のない印象がある。それでも、なんの血の繋がりもない他人にしては顔立ちがよく似ていた。これほどうつくしい男と自分が似ているなんて、おこがましいと思うけれど。

なにより、多岐川は凜が玲一に似ていると思っているのだ。主観にせよ、玲一本人にそう話すほどに。

『おまえが自分で躾けることじたい、珍しいじゃないか』

さきほどの玲一の言葉が蘇る。それは、凜が玲一に似ているからだろうか。そもそも、似ているからこそ多岐川は凜を買ったのかもしれなかった。

「行くぞ」

多岐川に腕を取られ、車の中に押し込まれる。それ以上の思考は、体内に食んだ玩具の存在に阻まれた。

どういう理由で買われたにせよ、いまの凜には多岐川から逃れるすべはないのだから。

自宅に着くなり、多岐川は凜を連れて寝室に向かった。

半ば自失した状態で抱きかかえるようにして運ばれる。車中でずっと玩具のスイッチを入れられたせいで、凜はもはや自分の足で歩くこともままならない状態だった。

「……っ」

ベッドに突き飛ばされ、その動きで内部が刺激される。はちきれそうなほど昂った部分がつうっと新たな蜜を滴らせるのがわかった。下着までべったりと濡れている。肌にまとわりつく布地の不快な感触が、凜の惨めさを煽った。

「玲一に色目を使って、どうするつもりだったんだ？　あいつに、抱いてもらいたかったのか」

「色目なんて、使ってません…っ」

理不尽な言いがかりだった。胸を喘がせながら、凜は懸命に多岐川を睨んだ。玲一との食事に自分を連れていったのはそっちじゃないか。

「どうだかな」

ふんと鼻を鳴らし、多岐川が傍らに腰を下ろす。ベッドの軋みが熟れた内奥にまで響いて、凜はシーツをきつく握り締めた。

「やけに切なそうに玲一を見送ってたじゃないか」

「あれは、……」

自分が玲一に似ていると思ったからだ。だが、それを言うのはためらわれた。あのうつくしい男と似ているなんて、自分の口からどうして言えよう。

「玲一を見て、いやらしく濡らしてたんだろうが」

「ちが…ぅ」

「玲一の前で動かしてやったら、いやらしい声を出してたじゃないか」

「う…ぅ…っ」

衣服の上から膨らんだ部分をなぞられて、凜は海老《えび》のように体を縮めた。多岐川の手を払いのける力は、体中のどこを探しても残っていない。

「どろどろだな。もうお洩らししちまったのか？」

「あ…ぁ」

嘲笑いながら、多岐川がベルトを外し、衣服のあいだから手を差し入れてくる。ぐちゃぐちゃになった屹立を握られて、凜の背筋に慄きが走った。

与えられる快感は鮮烈で、深い。たとえそれが、憎い男であっても。

下肢から衣服を引き抜かれていく。肌が火照っているせいで、空気がひんやりと感じられた。

「ちょっと触っただけで、ぱくぱくさせるなんてはしたないぞ」

「あぅ…ぅっ」

足首を摑んで押し上げ、多岐川が無造作に綻んだ蕾に触れてくる。男の指先を感じたとたん、そこが嬉しげに収縮した。熱に浮かされたように感覚がぼんやりしているのに、襞をなぞる男の指の動きはやけに鮮明だ。

「あぁ…ッ」

ほんの少しだけ指先が潜《もぐ》り込んできた。脆い粘膜を通して、硬い爪の形がはっきりと感じられる。熱く熟んだ襞をゆっくりと掻き分けられて、甘い声が鼻を抜けた。

「っ……ふ、…ん…っ」

指先が玩具の端をつつく。取り出してくれるのかと思いきや、多岐川はまとわりつく襞を揶揄うように掻き回してから、指を引き抜いてしまった。

「ずいぶん奥まで飲み込んじまったな。そんなに気に入ったなら、明日までこのまま銜えとくか。また出せないように、前を塞いで」

「嫌…っ」

凜はとっさに悲鳴のような声を上げていた。あんな仕打ちは、一度でたくさんだ。これ以上、もう我慢できない。燃え上がる欲火に理性は灼き尽くされ、とうに忍耐力は底を尽いていた。

「嫌って言っても、こっちはすごいことになってるぜ」

「ひ…ぁっ」

先端の割れ目を爪先で抉じ開けるようにされて、痛みと快感が激しく火花を散らす。あっ、あっと立て続けに声が洩れて、先端に浮かんだ雫がねっとりと溢れる。

「そんなに達きたきゃ、また自分でおっぱいを弄ってもいいんだぜ?」

「や…っ」

自分で乳首を弄って、射精するなんてもう絶対に嫌だ。叫び出したいのを堪え、かぶりを振る。

「だったら、どうしたい?」

狡猾な笑みを湛え、多岐川が巧みに凜を誘導していく。その先に待ち受けるのは、淫らな悦楽の陥穽《かんせい》だ。

両親を死に追いやった男になにかを求めたり、懇願したりしたくない。そんな屈辱的で、惨めな真似をするくらいなら死んだほうがましだ。

けれど、激しい憎悪と屈辱とは裏腹に、体は確かな快感を求めていた。体中の細胞までが淫欲に侵されている。玩具を食んだ中が熱い。熱くて、たまらなかった。

「……し、た…い…」

弾む息の下から、震える声を絞り出す。たどたどしいそれは、ふだんの凜の口調より幼い響きがあった。

「なんだ？　はっきり言わないと聞こえないぜ」

「出し…て…っ、なか、の…」

自分が言っているんじゃない。言わされているんだ。自分自身に言い訳しながら繰り返す。多岐川に片方の足首を摑まれ、中心を晒された腰がもじもじと揺れている。

眇めた双眸に獲物を嬲る残酷な愉悦を湛え、多岐川が命じる。

「自分で両脚を抱えて、どこをどうしてほしいのか見せてみろ」

できない。だけどそう言えば、このまま放っておかれるのは確実だった。しかも、出せないように前を縛られた状態でだ。

多岐川はこの三週間で、凛の自尊心を挫《くじ》く言葉と、凛を屈服させる責め方を徹底的に知り尽くしていた。どんな言葉で責め、どこの部位を嬲ればいちばん効果的か、完全に把握しているのだ。

悦楽と恐怖に理性も思考も搦め捕られ、凛は自分の脚を抱えた。膝裏に手をかけておずおずと左右に開く。

「どこに入ってるんだ?」

凛を苦しめている張本人のくせに、多岐川はどこまでも底意地が悪い。けれどいまは、この淫らな言葉遊びにつきあわなければならなかった。多岐川の興を損《そこ》ねれば、残酷な仕打ちが待ち受けている。

「……ここ、……」

羞恥に胸を喘がせながら、大きく開いた腰を男に向かって差し出す。内奥に挿入された玩具からもたらされる刺激に、淡い色合いだった花弁は扇情的に色づき、喘ぐように開閉していた。

「ああ、このいやらしくひくついてるとこか」

「あ…うっ」

窄まりの中心に二本の指を差し入れられて、凜の体が大きく跳ねる。同じリズムで熟しきった果実が弾けようとしたが、多岐川に根元を押さえ込まれた。

「そんなにぱくぱくお口を開けてると、中の紅い襞々まで見えるぜ」

「いや…ぁ」

見られている。内部の粘膜が妖しく蠕動《ぜんどう》しているさまを。

男の視線を感じ、嬉しげに波打った襞が男の指に絡みつく。それを擦りながら、多岐川は指を奥へ進めた。

じきに、玩具の端を捉える。挟んで引き抜こうとしたとたん、嫌がるように内奥がきゅうっと窄まった。

「よっぽどうまかったらしいな。やっぱりこのままにしとくか？」

「いや、や……抜いて…っ」

掲《かか》げた腰を揺すって、哀願を繰り返す。どれほど浅ましく、惨めな格好を晒してるかわかっていたが、放置される恐れが勝った。

「しょうがねぇな」

恩着せがましく呟きながら、多岐川が玩具を引き出しはじめる。指の太さだけ内奥を押し広げられ、じわじわと擦り立てられる快感が凜を惑乱させた。

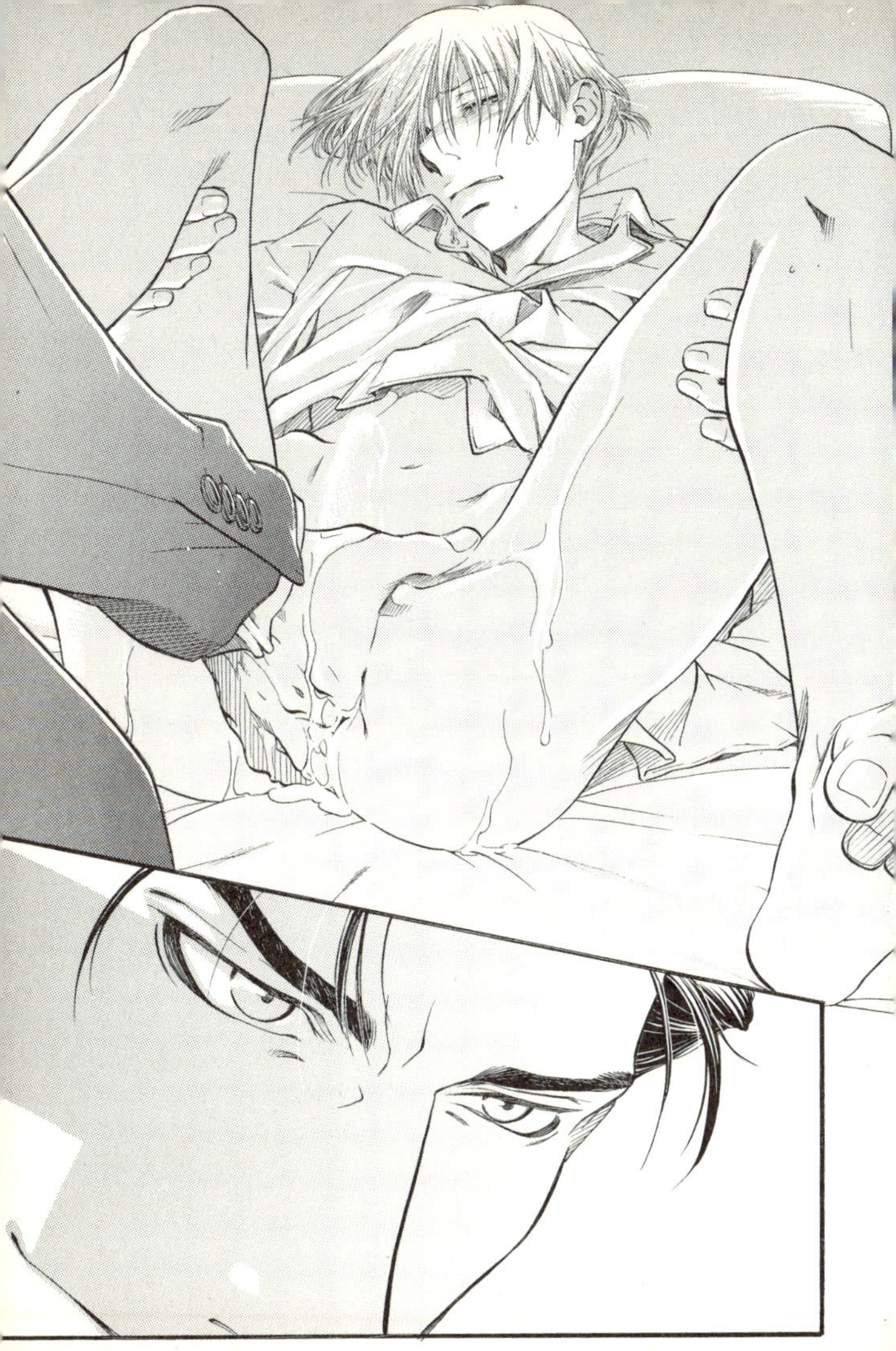

くちゅんという卑猥な音が聞こえる。濡れるはずのない場所なのに、そこがどろどろに蕩けてなにかが溢れ出すような錯覚があった。

「あ、あ、あ…っ」

指に挟まれた玩具が、花弁を割って姿を表す。今朝から何時間も凜を苦しめていた異物がやっと抜き出された。

「う…っ、……」

膝を抱えていた手から力が抜ける。熱い息をつきながら、凜は男の視線を避けて背を向けた。

まだ体が熱い。玩具からも、いつそれを作動されるかわからない恐怖からも解放されたのに、熱い疼きは消えなかった。

——我慢していれば、そのうち治まるはずだ。

シーツを握り締めて、切なく疼く欲望をやり過ごそうとする。長く玩具を食んでいた粘膜はその形に撓《たわ》み、まるでぽかりと空隙ができたようだ。ローターを失った物足りなさに、熟れた襞がざわざわと蠢いている。

——こんなの……おかしい。

自分の体が、決定的になにかべつのものに作り替えられてしまったようだ。困惑してシーツを握る指先に力を込めると、背後で多岐川がふっと笑う気配があった。

「まだ足りないんだろ？　お口、開けたまんまだぜ」

「ぁ……」

いやらしいなと含み笑いながら、火照った花弁をなぞられて、あからさまな震えが体を走る。

「ちょっと触っただけで、大歓迎じゃないか」

多岐川は凜を仰向きにさせると、すっかり力の入らなくなった両脚を大きく開かせた。

「あう…っ」

ひくひくと震える花弁を撫でられてから、両端に指を添えて広げられる。恥ずかしいほどあっさりと、紅く熟れた柔襞が覗いてしまう。

「中が真っ赤になって、欲しがってるぜ。躾の効果はあったみたいだな」

満足そうに独りごちて、多岐川が体を起こした。恐々と視線を上げる凜に見せつけるように、フロントのファスナーを下ろす。布地のあいだから摑み出されたそれは、すでに充分硬くなっていた。

「……」

怖い——。禍々しいほどの力を蓄えたそれを目の当たりにし、全身が恐れにそそけ立つ。

初めて多岐川に抱かれたあの夜、硬い雄の刃を最奥深く突き立てられて、底のない悦楽を味わわされた記憶が生々しく蘇る。狭隘な襞を太く逞しい昂りに抉じ開けられ、擦り立てられる、おぞましいまでの快楽。

恐れと期待、そして戸惑いが混沌《こんとん》と混ざり合い、凜は瞬きもできなかった。打ちのめされたような、それでいて無意識のうちに媚びるような、複雑な表情が凜の小さな貌《かお》を彩る。

「味見しないとな」

「い、や……」

両脚を抱え上げられて弱々しくもがいたが、多岐川が諦めるはずもない。あられもなく押し広げられた中心に、火傷《やけど》しそうなほど熱い切っ先が押し当てられた。

「嫌？　だったらやめとくか。なにも俺だって、強姦したいわけじゃないし」

「……ぅ」

硬く張り出した先端で、喘ぐように慄く花弁を擦られた。ぬるりと滑るそれが、危うく潜り込んできそうになる。

とっさに内腿に力を込めて拒むと、多岐川は双丘の丸みに手をかけ、複雑な陰影を刻む狭い溝に滾《たぎ》り立つ自身を挟み込ませた。

「あぁ…っ」

腰を揺さぶられて、楔の硬い先端で快楽に凝った蜜の袋までを突き上げられる。嫌だ。入れられたくない。しかし、長いあいだ淫具に苛まれてぐずぐずに蕩けた柔襞は荒々しく突き入れられ、掻き混ぜられることを欲して激しく悶えていた。

「やぁ…っ」

虚しくひくつく花弁を、切っ先が浅く割る。ほんのわずか埋まったそれに、ぞくぞくっと快感が背筋を這い上がった。もっと奥に欲しい。多岐川を拒む意思をよそに、本能が訴えていた。

「おまえが暴れるから、滑っちまったじゃないか」

「ぁ、ぁ……っ」

多岐川は無情にも、餓《う》えた襞から自身を引き抜いてしまった。男を追いかけて、凜の腰がうねり上がる。

「淫乱だな。嫌だって言いながら腰を振って欲しがるなんて」

悔やしくて、全身の血潮が沸き返る。しかし、際《きわ》どい部分に灼熱の滾りを感じているだけで、潤んだ花弁が自ら口を開いて吸いつくそぶりを見せた。

「まあ、最初から男を銜え込んで悦ぶような体だったからな。俺が仕込むまでもなかったかもしれないが」

「や、……いや…っ」

自分の浅ましい反応が恥ずかしくて、けれど疼く熱を一刻も早く散らしてほしくて。相反する二つの感情に胸を引き裂かれながら、凛は嫌だと繰り返した。それを聞き咎めた多岐川の双眸が不穏に耿る。

「そんなに俺が嫌だってのなら、客でも取るか？　この貪欲な尻に、好きなだけ銜え込めるぜ」

「や、いやだ…っ」

悲鳴じみた叫びが上がった。多岐川以外の見知らぬ男に、犯される。想像しただけで、怖気《おじけ》が走った。

「嫌だなんて言っておいて、玲一にでも抱かれることを想像したんじゃないのか？　嬉しそうに吸いついてくるじゃないか」

「ひ…、ぅ」

焦らすように、多岐川が開閉を繰り返す花弁の中心を切っ先でなぞる。くすぐったさともどかしさに、凛は髪を振り乱して悶えた。これ以上、生殺しの状態は耐えられない。熱くて硬いもので、思いきり掻き混ぜてほしかった。

「ほら、欲しいんだろ？」

「ん…っ」

くっと切っ先が押しつけられる。早くとせがむように、花弁が口を開いて中に誘い込もうとした。

「言えよ。言わないと、このままだぜ」

「う、う……嫌…っ」

多岐川の逞しい牡がぬるぬると狭間を上下する。開閉する花弁を擦り立てられて、痺れるような疼きが内側にまで響いた。

この大きくて硬い武器で犯してもらわなければ、自分は狂ってしまう。度重なる執拗な責めに、意地も矜持《きょうじ》も擦り切れていた。

「ほし……いれ、て……――っ」

切れ切れに男をねだる言葉を口にする。恥辱の滾りに全身が燃え上がった次の瞬間、めり込むようにして巨大な楔が突き入ってきた。

「あ、あぁ…っ」

最奥まで衝撃が走った。仰け反った凜の背中がシーツから浮き上がり、艶かしい弧を描く。狭隘な襞を力ずくで抉じ開けられる、被虐的な快感。執拗に擦られて熱を持った花弁は、悦んで多岐川の牡を飲み込んだ。

「あ…あぁ…っ」

濡れた音が聞こえそうな勢いで、多岐川が最奥を目指して突き進んでくる。火のように熱い砲身に柔襞を擦られ、潤んだ嬌声が迸《ほとばし》った。

「あ、ぁ……――」

叩きつけるようにして腰を打ちつけ、多岐川が根元まで深く沈めきる。紛いものの玩具ではなく、生身の牡に最奥を満たされる熱い充溢感。その瞬間、凜は絶息したように仰け反り、硬直した。哀れなほど昂っていた果実があっけなく弾け、高々と果汁を撒《ま》き散らす。

「なんだ、そんなに欲しかったのか？　入れただけで達っちまうなんて」

「……ぅ…ぅ」

指摘されてようやく、肌を生温かく濡らす滴りに気づく。

「ちょっとは堪え性がついたと思ったが、まだまだ躾が足りなかったか」

絶頂を迎えたばかりだというのに、貪婪な本性をあらわにした粘膜は男に喰らいつき、その感触を味わうようにひくひくと波打っていた。

圧迫感はあるものの、初めて抱かれたときとは桁違いの快感だ。破瓜を経験してから熟成のための空白を置いた体は、いっそう鋭敏に、そして淫らになっていた。

湧き上がってくる深く激しい悦楽に半ば自失していると、多岐川がふいに上体を屈《かが》めた。

先端部分が感じる場所を掠め、腰が大きくびくつく。

「そんなにこれが気持ちいいか？　嬉しそうに絡みついてくるぜ」

「あぁ…っ」

逃げを打った凜の腰を押さえつけ、多岐川が己の質量を知らしめるように前後する。

「毎日弄ってやったのに、やっぱり狭いな。玩具じゃだめだったか」

「う…ぅ」

「今度はもっと大きくて、長いやつを用意してやろうか」

好きなやつを選ばせてやるぜ、と多岐川が嘯《うそぶ》く。これまで使われたさまざまな性具の類を思い出し、凜は恐れに慄いた。あんなに苦しかったのに、もっと大きなものを入れられたらきっと壊れてしまう。

「いや……いや、も…や、だ…ッ」

「わがまま言うなよ。いくら俺だって、おまえみたいな淫乱を毎日可愛がってやるのは骨なんだぜ？」

にやりと目を細めながら、鋼《はがね》のように硬い屹立を突き立ててくる。男の言葉が嘘であることは、充実したその容積が雄弁に物語っていた。

「あっ、あ…っ、あぁ…っ」

多岐川がふいに腰を引き、震えて閉じかけた柔襞を切り裂いて最奥まで突き進んでくる。男の動きに合わせて、押し出されるようにしてはしたない声が零れた。

こんな声を出しているのが、自分だなんて認めたくない。けれど、体は多岐川に屈服していた。

多岐川のやり方は狡猾で、悪辣《あくらつ》だった。強制的に快楽を与え、凛の意地も矜持も剝ぎ取り、自尊心を蹂躙する。凛はいつも、自分自身の体に裏切られ続けた。

このままでは、多岐川に貫かれて悦ぶだけの生きものになってしまう。

冷えた心を置き去りに、体は送り込まれる快楽を貪欲に貪っていた。与えられる快楽が深ければ深いほど、体と心が乖離《かいり》していく。

「ひ、っん…ぅっ」

紅く膨らんだ乳嘴を引っ張られて、鋭い快感が脳髄に突き刺さる。胸を弄られると、柔襞が勝手に蠢いて雄芯に吸いついた。

「逃げようなんて無駄なことを考えずに、おとなしく可愛がられてろ。俺が命じたらいつでも脚を開け」

「あう、ぅ……っ」

深く沈めたまま大きく揺さぶられて、抱え上げられた太腿が快感に引き攣った。頭の中まで、突き上げてくる男の硬いものでいっぱいになる。抽挿のたびに男の腹筋に擦られて、さきほど放埓《ほうらつ》を迎えた果実は再び甘く熟れていた。

「なんだ、またもうとろとろになってんな」

「あ、あ、ぁ…っ」

きゅうっと根元を押さえつけられて、凜は眦《まなじり》から涙を零した。

絶頂近くまで追い上げられていた体が、男の精を搾り取ろうとするように締め上げる。それを攪拌《かくはん》するように腰を回しながら、多岐川が凜の前髪を摑んで顔を覗き込んできた。

「さっきお洩らしした罰だ。後ろだけで達けよ」

非情な言葉に、凜は竦み上がった。

「い、…や、そ……な、の……も、いちゃ…う、ぅ……達く…う、ぅ…っ」

いちばんの弱みをこりこりと強靭な切っ先で捏ね回されて、急激に射精感が高まる。自分がなにを口走っているのかもう自覚できず、凜は根元を押さえる多岐川の手を外そうとやっきになった。

「もう達きそうなんだろ？」

「う…ぅ…っ」

締めつける指がわずかに緩み、じわりと花蜜が溢れる。むろん、その程度で体内に渦巻く熱をすべて解放できるはずもない。じわじわと洩らすそばから、またすぐ次の絶頂の波がやってくる。

「いや、いや、あ、あ、達きた……達かせ、て…っ」

出せなければ、死んでしまう。被虐の淫楽が脳を灼き尽くす。啜り泣きながら、凜は浅ましく腰を振ってねだった。

「毎日あれだけ搾ってやったんだ。そんなに出すもん、ないんだろ？　女のように愉しめる、いい機会だ」

「いや……や、……」

お願いだから、達かせて——。完全に達することのできない苦しさに細腰を捩り立て、凜は多岐川の手を引っ掻いた。男の手指の隙間から、とろりと蜜が糸を引く。

「出せないから、終わりがない。達ったと思ったら、また次が来る。何度も何度もだ。達きっぱなしになれるぜ」

そんなの、自分の体じゃない。怖かった。このままでは多岐川の言うとおりに、作り替えられてしまう。

「離し、て……い、や…」

「このまま達ってみせろよ。……ほら」

「あ、あ――あぁ…っ」

　ぐりっと前立腺を抉られ、凜の全身がびくびくと波打つ。あられもなく押し広げられた太腿が引き攣り、爪先がきつく反り返った。

「や…ぁ」

　柔らかく乳首を嚙まれて、涙が零れた。射精をぎりぎりで堰き止められて、絶頂を引き延ばされ、快楽だけを与えられる。もはやどんな刺激も苦しいだけだ。

「あっあ、あ…っ」

　汗ばんだ膝裏を抱え直し、多岐川が激しく挑みかかってくる。容赦なく突き上げられ、視界が妖しく明滅した。

「あ…あ、あぁ…ッ」

　最奥まで突き上げられ、ふっと意識が遠のきそうになる。気づけば多岐川の手が離れていたが、連日の過度な責めに薄くなった精液がわずかに零れただけだった。それでいて、硬く勃ち上がった花茎は萎える気配がない。

　射精だけが快感だと思っていた。なのに――。体が違うものに作り変えられていく。

「う…ぅ…」

　どうして――。体の中心に灯った欲火は消える気配もなく、凜はか細い欷歔《ききょ》を洩らしながらとろとろと零した。

「……っ、ぅ……ぅ」

多岐川に突き上げられて、延々と続く絶頂の波間を漂う。

「これじゃ、どっちが奉仕《ほうし》してるんだかわからないな」

涙でぐちゃぐちゃになった顔を、多岐川が覗き込んでくる。涙に滲んだ視界に、男の唇が緩い弧を描くのが見えた。

「泣くなよ。もっと苛めるぜ」

この残酷で無慈悲な男から、逃れるすべはないのか——。

それを最後に、黒々とした絶望に引きずり込まれるようにして、凛の意識は途切れた。

三

『ただいま』

凜の呼びかけに応える声はなかった。

ガレージに車があったから、両親は家にいるはずだ。

しかし、家の中には不思議な静寂《せいじゃく》が漂っていた。物音一つしない。

――なにかあったんだろうか。

不吉な予感に駆られ、靴を脱ぐのももどかしく家の中に上がった。

『お母さん？　誰もいないの』

両親の姿を求めて、リビングのドアを開けたときだった。ソファの陰になにかが見える。

見覚えのある紺色の花柄のそれが母の服だと気づき、駆け寄った。

『お母さん…ッ!?』

床に倒れた母は凜の声に応えるどころか、ぴくりとも動かなかった。冷たい。抱き起こ
そうとした手が止まる。母の体は冷えきっていた。そのどこにも、ぬくもりはない。

愕然《がくぜん》とした凜の視界の端に、奇妙なものが映った。人間の足だ。だらりと宙に浮いてい

る。視線で辿った凜はその先に、信じられない光景を見て凍りついた。

――お父さん……。

吹き抜けになった梁《はり》にロープをかけて、父は事切れていた。

――……っ！

「……は、……っ」

悲鳴を上げたと思ったのは、夢の中でだけだったらしい。実際には、ベッドに飛び起きただけだった。

暗い部屋の中、自分の荒い息遣いが耳を打つ。夢と現実が混沌と入り混じっていた。大きく目を見開いて、部屋を見渡す。

いくら目を凝らしても、両親の亡《な》き骸《がら》はどこにもなかった。当たり前だ。ここは自宅ではなく、多岐川のマンションなのだ。

深いため息をついて、凜は目を閉じた。けれど、瞼の裏には父の最期の姿が灼きついている。さぞ無念だっただろう、父の表情が。

「……っ」

怖い。引き攣った息をついて、凜は自らを抱きしめた。死への恐怖、自分一人だけが生き残ったやましさ。それとは矛盾する、二人だけで死んだ両親への憤りが綯《な》い交《ま》ぜになって押し寄せてくる。

ベッドの上でうずくまると、ふいに隣でなにかが動いた。

「……起きたのか」

多岐川が不機嫌な声で唸《うな》る。どうしてここで寝ているのだろう。多岐川が同じベッドにいるとは思わなかった凜は、いまさらながらぎょっとした。

広いベッドは二人で寝てもまだ充分な余裕がある。しかし、多岐川はいつも事後に部屋を出ていくのが常だったから、これまで同じベッドで寝たことはなかった。

途中で起こして、機嫌を損ねたのではないか。多岐川がまとう不穏な気配に、凜はいっそう身を縮めた。身じろいだ弾みに体の芯が鈍く軋む。

多岐川に、抱かれたせいだ。これで、三日続けて抱かれた。

まだ大きなものが嵌まっているような気がする。猛々しい楔で擦られた襞は痺れたようになり、熱を持って疼いていた。それを自覚しただけでつきんと甘い痺れが中枢に走り、凜を狼狽させる。

「凜」

寝転んだまま、多岐川が手を伸ばしてきた。怒られる。反射的にそう思い、ぎゅっと目をつぶった。

「いつから起きてた？　冷えてるな」

「……ぁ、……」

多岐川に腕を引っ張られ、胸許に抱き込まれる。夜気に晒されて思いのほか冷えていた体を、人肌のぬくもりがやさしく包む。

予想外の事態だった。寝ているところを起されて、怒っているのではないのか。

「寝ろ」

大きな掌に頭を撫でられる。頭を撫でられるなんて、子供のころ以来だろう。こうして抱きしめられるのだってそうだ。

「あ、の……」

面映ゆいような切ないような気持ちがする反面、多岐川に抱きしめられているのは居心地が悪かった。しかも今夜は、手ひどく苛まれたあとだ。

また抱かれるのだろうか。多岐川の人並み外れた体力を思えば、警戒せずにいられない。腕を解こうとして身を捩っただけで、抱きしめる力が増した。長い脚が絡んできて、ますます身動きできなくなる。

どうやら多岐川はこのまま眠るつもりらしい。冗談じゃない。凜はもぞもぞと身じろいだ。なんとかして、逃げないと。

「なんだよ、眠れないのか?」

「……だって、……」

こんな状態で寝つけるものか。抱き枕じゃあるまいし。

「おとなしく眠れよ」

耳許で多岐川が囁く。少し掠れた声は物憂《ものう》げで、いつもより甘い。

大きな掌がゆっくりと背中を撫で擦る。さきほどの無慈悲な振る舞いが嘘のような、やさしいしぐさだった。

男のぬくもりにすっぽりと包まれて、あやすようにそっと揺すられる。ゆりかごにいるようだった。

肌も、触れるシーツもさらりとしている。終わったあとに体を拭《ふ》いてくれたらしい。恐らくは部下の手を借りたのだろう。意識のないあいだの、いつものことだ。いたたまれない羞恥をなんとか堪え、あえて考えないようにした。

多岐川がそれ以上の行為に及ぶ気配はいっこうになく、凜はじょじょに体から強ばりを解いていった。

そのあいだも、ずっと背中から肩にかけてと頭を撫でられる。

あたたかい。多岐川のぬくもりに、生きていることを実感する。

多岐川は大嫌いだが、掌の感触は悪くない。撫でられるごとに、執拗にまとわりついていた悪夢の片鱗《へんりん》が消えていく。

でも、これも夢かもしれない。多岐川に頭を撫でられる夢を見るなんて、自分でも滑稽《こっけい》だった。

——両親があんな亡くなり方をした原因は、多岐川にあるのに。

「……凜?」

笑った気配が吐息で伝わったのか、多岐川が訝《いぶか》しそうに名を呼ぶ。

なんでもない、と小さく首を振って目を閉じる。多岐川になんて、教えてやるものか。

多岐川の腕の中にいるという緊張が薄れるにつれ、とろとろとしたまどろみが押し寄せてくる。あれほど居心地が悪かったのに、慣れてしまえば多岐川の腕の中は不思議なくらい納まりがよかった。

いまだけは、この穏《おだ》やかなぬくもりに浸ってもいいだろう。

だってどうせ、夢なんだから。

瞼の裏で光が揺れている。

貼りついたように重い瞼を開けると、カーテンの隙間からは朝陽が射し込んでいた。部屋の中はすっかり明るい。

ベッドに寝ているのは凛一人で、多岐川の姿は部屋のどこにもなかった。やはり、あれは夢だったのだ。

ほっとしつつも、かすかな落胆もあった。馬鹿馬鹿しい。どうして落胆しなければならないのだろう。

昨夜はずいぶんいろいろな夢を見た気がする。両親の夢や、多岐川に頭を撫でられる夢。夢は無意識の現れともいうけれど、昨夜の夢に限っては絶対に違う。だってあまりにも脈絡がなさすぎる。

のろのろとベッドに起き上がると、頭の芯がくらりとした。脈打つように、こめかみが鈍く痛む。少し熱があるようだ。

時計を見れば、ちょうど起きる時刻だった。今日も大学がある。講義は二限目からだから、いまから行けば充分間に合う。

多岐川に学費を出してもらっている以上、大学を休みたくなかった。なんといっても、外出できる唯一の機会だ。

凜が逃げ出すことを諦めたと思ったのか、構内でも見張りをつけているからか、外出中に玩具を挿入されることはなくなっている。

それだけに、どうせ多岐川の許を逃げ出せないのなら、大学にいるあいだだけでも、男に飼われているという異常な状況を忘れたかった。

「……っ」

鏡を覗くと、腫《は》れぼったい目をした自分が映っていた。頬もやや紅いが、たいしたことはない。準備しているうちに治るだろう。いつもより緩慢《かんまん》な動作で顔を洗い、歯を磨いてから、凜は身支度をして階下に向かった。

舎弟連中とはべつに、毎日家政婦が通ってきて家事一般をしてくれる。おかげで、マンションに閉じ込められているあいだも食事に困ったことはない。

ダイニングテーブルでは、多岐川が新聞を広げていた。傍らに、各紙の朝刊が山積みになっている。どうやら朝刊すべてに目を通しているようだ。

最近、多岐川は忙しいらしく、凜が目を覚ますころにはすでに外出しており、夜遅くに帰宅するというパターンが続いていた。午前中に顔を合わせるのは珍しい。

濃いグレーのスーツをまとった多岐川は、いかにもやり手の実業家といった雰囲気を漂わせている。正体を知ってなお、目を奪わずにいられないほどの美丈夫ぶりだった。

思わず、おはようございますと言いそうになり、凜は唇を小さく噛んだ。どうしてあんな無体な仕打ちをした相手に、挨拶をしなければならないんだといまいましくなった。

凜の気配を察して多岐川が視線を上げる。目が合うなり、男の濃い眉がつっと寄せられた。

「顔が紅いぞ」

「……ちょっと、暑くて」

五月の爽《さわ》やかな朝だ。暑いというほどではない。

不審に思ったらしく、凜がテーブルに着くより早く、多岐川が立ち上がった。有無を言わさず、椅子を引こうとしていた凜の額に手を重ねてくる。夢の中と同じ、掌の感触だった。

「熱いな。熱があるんじゃないのか」

多岐川の眉がますます寄せられる。凜の異変を少しも見逃さないというように覗き込んでくる瞳には、この男らしからぬ気遣わしげな色があった。

ありえない。多岐川が自分を心配してくれるなんて、そんな馬鹿なこと。

「今日は大学を休め」

「大丈夫、です。そんなに熱はありません」

「鏡を見てみろ。いかにも熱がありますって貌して、ふらふらしてるくせに」

多岐川が顎で、コンソールの上にある鏡を指し示す。顔を洗ったから起き抜けよりましになっただろうと思っていたのに、頬の紅みが増したようだ。

「勇次」

多岐川の声に、廊下に控えていた舎弟が顔を覗かせる。

「灰谷《はいたに》先生に連絡しろ。往診《おうしん》に来てくださいってな」

「わかりました」

神妙な面持ちで頷き、勇次が携帯を取り出してかけはじめる。

「お医者さんなんていいです。少し熱っぽいだけですから」

「医者が怖いのか」

「違います」

薬が嫌いで、注射を怖がる子供のように思われているのだろうか。むっとしたが、多岐川の表情に揶揄いの色はなかった。

「だったら、診《み》てもらえ。風邪だって、こじらせたら面倒だ」

わからない。逃亡した罰にあれほど酷い仕打ちをしたかと思えば、微熱くらいで医者に往診を頼むなんて。

困惑していると、多岐川がにんまりとした。

「俺の相手ができないんじゃ、ここに置いといても意味がないしな」

「……っ」

病人を相手にしても、愉しめないということだろう。

多岐川が、自分の体を気遣うわけがないじゃないか。思いがけない落胆が胸に広がる。これではまるで、多岐川にやさしくされることを期待していたみたいだ。狼狽し、凛は視線を伏せた。

「昨夜、苛めすぎたか」

頬が熱くなるのを感じ、凛はきゅっと唇を噛んだ。まだ腰の奥は鈍く疼いているし、体のあちこちがぎしぎしと軋む。きっと連日の行為が祟《たた》ったのだろう。

みんな、あんたが悪いんだ。父さんと母さんが死んだのも、俺が体を売る羽目になったのも。言葉にはできないから、内心で多岐川を罵《ののし》る。

「生憎だが、今日は外せない用がある。俺が留守にしても、おとなしく寝てろよ」

なにが生憎なんだろう。病人は相手にしないんじゃなかったのか。それとも、看病でもしてくれるつもりだったというのか。

不思議に思って首を傾げると、多岐川に顎を掬い上げられた。彫りの深い顔立ちが視界に迫ってくる。

「ぁ、…」

驚きに開いた唇の隙間から、すかさず舌先が侵入してくる。顔を逸らそうとしたが、多岐川に頬を包み取られて阻まれた。

歯列をなぞり、奥へと進んできた濡れた熱さに舌を搦め捕られる。

熱い。男の舌が熱いのか、それとも自分の口中が熱いのか。

逃れようと身を捩る凜の体を、多岐川は腕の中に引き寄せた。ますます深いキスで凜を翻弄する。

「やっぱり熱いな」

「――ぁ、…っ」

ようやくキスから解放されたかと思ったら、突然足が床から離れて体が浮き上がる感覚があった。

「なに、を……」

多岐川の腕に抱き上げられていた。驚愕し、逃れようとするのだが、発熱した体は少しも凜の思い通りにならない。

「暴れると落っことすぞ」

そう言われれば、おとなしくしているしかない。横抱きにされたまま、凛は体を強ばらせた。多岐川は凛の重さなど毛ほども感じていないように、揺るぎのない足取りで寝室へと向かう。

「今日は部屋から出るなよ」

耳許で囁かれ、よけいに熱が上がったような気がした。


廊下が騒がしい。なにかを言い争うような人の気配がして、眠りの中をたゆたっていた意識が覚醒する。

ずいぶんよく眠ったようだ。往診の際に受けた注射が効いたらしい。

「まずいです……誰も入れないようにって言われてるんです」

「止めたけど、俺が勝手に上がり込んだって言っとけ。俺に合鍵渡したのはあいつなんだから、諦めもつくだろうさ」

おろおろとした勇次の声に、誰かの声が答える。ひんやりとしたなめらかな声には、聞き覚えがあった。玲一のあざやかな美貌が脳裡に浮かぶ。

静かにドアが開いたのと、凜がベッドに起き上がったのは同時だった。

「起こしたか」

「……い、いえ……」

どうして玲一がここにいるのだろう。戸惑っていると、閉まりかけるドアの外に、困惑顔の勇次が見えた。彼にとっても、玲一の訪問は予想外だったらしい。

「多岐川から熱出して寝込んでるって聞いたから、見舞いに来たぜ」

「え……」

差し出されたのは、淡いピンクの薔薇《ばら》の花束だった。ぽってりとした丸い花弁が愛らしい。

「アイスクリームや果物は勇次に渡しといたから、好きなときに食べてくれ」

まごつきながら、凜はありがとうございますと小声で礼を言った。

玲一が相手では、どうも勝手が違う。彼が、多岐川と同じ人種だとわかっていてもだ。どう接すればいいのだろう。多岐川の友人であり、仕事上のパートナーであるという玲一に、どういう距離を取ればいいのかわからなかった。

うかつなことを言って多岐川に報告されるのではないか。そんな警戒よりも、人並み外れた美貌の男に対峙している緊張があった。

「寝てなくていいのか？」

「ちょうど目が覚めたところだったんです。それに、寝てるほどじゃありません」

「どうせあいつに無理させられたんだろ？　ここに来てから、ろくに寝かせてもらえないんじゃないのか」

「そ…そんなんじゃ……っ」

かあっと耳朶が燃えるように熱くなった。フレームレスの眼鏡の下で、玲一の切れ長の瞳が艶めかしく細められる。

「ここ、見えてるぜ？」

「っ」

にやにやと笑いながら、玲一が凜の襟許《えりもと》を指し示す。さきほど診察を受けた際に、寝間着のボタンを一つ外したままになっていた。そこから覗くしろい肌には、それとわかる薔薇色の痕跡が浮かんでいる。恥ずかしかった。いつの間につけられたのだろう。

「嫌なら嫌だって言わないと、あいつ、つけ上がるぜ」

「……言ったって、無駄です」

視線を伏せて、凜は上掛けを握り締めた。多岐川にとって凜は、欲望を晴らすための道具に過ぎない。

「九重さんも、ご存じなんでしょう？　俺がここに引き取られたのは、……」

「借金のかたに、買われたんだってな」

あっさりと言い放ち、玲一は机の前にあった椅子をベッドの側に引き寄せて腰を下ろした。細身だが、しなやかな身のこなしからはよく鍛錬《たんれん》された筋肉の存在が窺える。

「災難だったな。――まあ、俺がなにを言っても慰めにはならないだろうが」

災難の一言で済むような状況でないことは、玲一もわかっているのだろう。少ない言葉がかえって、凜の胸にすっと染《し》みた。

「不本意な状況だろうが、多岐川を利用してやるくらいに思えよ。あいつは利用しがいのある男だぜ」

思いがけない言葉に、凜は俯いていた顔を上げた。

玲一が悪戯《いたずら》っぽく微笑んでいる。フレームを押しやる、先細りの形のよい指。男のものとは思えないほど綺麗だ。

「どうして、そんなことを言うんですか……？」

「不思議か？」

凜がこくりと頷くと、玲一はますます整った口許を綻ばせた。

「だって、……九重さんはあいつの友達なんでしょう？　しかも、同じ商売しているっていうことは、その……」

「ヤクザってことになるな」

凜が言いあぐねていると、玲一が自ら口にした。なんの気負《きお》いもなければ、罪悪感もない口調だ。

予想はしていたけれど、本人の口から聞いても信じられなかった。俗世間を超越《ちょうえつ》した、冴えざえとした美貌と、ヤクザなどという血生臭い職業が結びつかない。

「どうして、九重さんみたいな人がヤクザなんかに……あ、っ」

口が滑った。凜は掌で口許を覆った。

「ご、ごめんなさい」

「いいさ、謝らなくても。それがまともな反応だ」

気分を害したふうもなく、玲一は首を竦めてみせた。

「あんたに肩入れしちまうのは、俺の個人的な感情だ。境遇が似てるからだろうな」

「境遇が……？」

「そう。俺の両親も、俺が大学生のときに亡くなったんだ。もっともこっちは交通事故だったがな」

両親を一度に亡くす。それがどれほどの衝撃と痛手をもたらすか、凜は身をもって知っている。それだけに、言葉が出てこなかった。

「当初は、たんなる事故として片づけられた。両親の車に突っ込んできたトラックのブレーキに構造的な欠陥《けっかん》があるとわかったのは、あとになってからだ。自動車会社を追及しても、知らぬ存ぜぬの一点張りだった。なんとしても、理不尽な死を遂げた両親の復讐がしたい。そんな俺の希望を叶えてくれたのは、多岐川だった」

どれほど慟哭《どうこく》したのだろう、玲一の淡々とした声音からは窺えなかった。

「あいつは常々、俺に自分の片腕になってほしいと言っていた。だから、あいつの求めに応じて、同じ道を歩くことにした」

「それが、九重さんがヤクザになった理由なんですか……？」

「そうだ。多岐川といれば、一生退屈しないで済むからな」

玲一がにやりとする。それが、本当に理由なのだろうか。力を貸してくれた多岐川への恩のために、まっとうな人生を棒に振るなんて。

「そんな……ご両親の事故の際に、警察とかは動かなかったんですか？」

「警察だの捜査機関が動き出したのは、同じ原因で何件も事故が起こってからだ。まっとうな世間の連中はなにもしてくれなかった」

ひそめられた声音には、抑制された憤りが滲んでいた。淡々として見えても、悲しみや怒りが薄れたわけではないのだろう。

「よけいなことまで話しちまったな」

自分でもそれに気づいたのか、玲一がふっと苦笑する。面映ゆげなそれに親しみを感じ、凜はいいえと首を振った。

「あの人とは、同級生なんですよね？」

「そうだ。大学に入学してすぐのオリエンテーションで向こうが声をかけてきたんだ」

『残念だ。女だったら口説《くど》いたのにな』

それが、多岐川の第一声だったという。それはつまり、玲一に一目惚れしたということではないのか。

「なんてふざけたやろうだと思ったが、話してみると意外にも気が合った。それ以来、もう十四年のつきあいになる」

多岐川とは、たんなる友人だけの関係なのだろうか。視線を交わすだけで意思を通じ合わせるほどの信頼と親密さが友人関係によるものなのか、それともそれ以上の関係によるものなのか、凜にはわからなかった。

「……なにか……？」

凜を見つめていた玲一が、ふっと微笑んだ。

「あんたを見てると、あたたかい家庭で大事に育てられたってのがよくわかるな」

「ふつうだと思いますけど……」

「多岐川は、その『ふつう』からもっとも縁遠い男だからな。憧れるんだろうさ」

ヤクザの組長の家に生まれ育った多岐川の環境は、確かに平凡とは言い難いだろう。

「なあ、子供のころ、親に遊園地へ連れてってもらったことはあるか？」

「遊園地ですか？　何度か……」

唐突な話題の転換に戸惑いながら答える。

父親の会社が一時期、都心にある遊園地の近くだったこともあって、父との待ち合わせがてら母親によく連れていってもらったものだ。それ以外にも、休日に連れていってもらったことがある。

いまとなっては、懐かしく、そして切ない思い出だ。

大切な時間が本当に大切だったと知るのは、いつだってその時間が過ぎ去ってしまってからだ。そんな当たり前のことさえ、いままで知らなかった。

「あいつなんか、一度もないんだぜ。子供のころに抗争が激化して、田舎にある母親の実家に預けられてたからなしいんだが」

抗争というからには、暴力団同士の争いがあったのだろう。多岐川の育った環境は、やはり凜の想像を超えたもののようだ。

「ここに連れてこられてから、ろくに外にも出てないんだろ？　あいつに遊園地でも連れてってもらえよ」

「い、いいです。行きたくありません」

多岐川と遊園地なんて、行きたくない。どこであれ、多岐川と一緒に行きたい場所はなかった。

「そうか？　残念だな。ふだん見れないものが見れて、きっとおもしろいぜ」

なんだろう。凜が首を傾げると、玲一は人の悪い笑みを浮かべた。それからふと真顔に戻り、外の気配に耳を澄ますそぶりをする。

「どうやら旦那さまがお帰りのようだな。あんたが心配で、帰ってきたか」

独りごちて椅子から腰を上げ、ベッドにいる凜の上に屈み込む。

また揶揄われるのだろうか。体を引こうとした凜の肩を、玲一が摑んだ。

「九重さん……？」

「いいか、とにかく生き延びることを考えろ。まずは、体調を治してあいつを振り回してやれよ」

茶化しながらも、玲一の瞳はひどく真剣だ。そのとき、なんの前触れもなくドアが開いた。多岐川が帰ってきたのだ。

「邪魔してるぜ」

「ああ」

玲一が凜の肩に置いた手をゆっくりと離した。二人の様子を見た多岐川の双眸に、複雑な色合いが浮かぶ。迷うような、ためらうようなそれは、多岐川らしからぬものだ。

——なんだろう……？

不審に思っていると、玲一と目が合った。思わせぶりに目配せしてから、多岐川を見やる。

「仔猫ちゃんが大事なのはわかるが、たまには外の空気を吸わせてやりな。遊園地にでも連れてってさ」

「遊園地？」

いったいなにを言い出したのだという貌で、多岐川はうろんげに眉を寄せた。


軽快な音楽が流れるなか、シマウマや馬の張りぼてがゆっくりと回っている。その後ろをライオンが追っかけていた。よく見ると、キリンはともかくもラクダや白鳥、果てには鶏《にわとり》までいる。ずいぶん脈絡のないメリーゴーランドだ。

時折、ジェットコースターがうなりを上げて観覧車の中を走り抜ける。客の歓声が響くのはその瞬間くらいで、平日の遊園地はのんびりとした空気が流れていた。客の姿はまばらで、職員たちは手持ち無沙汰らしくおしゃべりに興じている。

凜はベンチに座って、アスファルトに落ちたポップコーンを啄む鳩《はと》を眺めていた。

時折、初夏の気配を孕んだ爽やかな風が頬を撫でる。気持ちがよかった。外に出てのんびりするのは、ずいぶん久しぶりだ。

大学生らしいカップルが通り過ぎていく。こちらに目を留めた彼女が、ぎょっとしたように立ち止まる。隣にいる彼も同じ表情になったが、こちらは「馬鹿、止まるな」と彼女の腕を摑み、引きずるようにして立ち去っていった。立ち止まるどころか、目を合わせるのも怖いといった様子だ。

無理もない。

胸の中でため息をつき、凜はそっと隣を見やった。磨き抜かれた靴と、投げ出された長い脚が視界に飛び込んでくる。そろそろと視線を上げていくと、質のいいスーツと高そうなネクタイが続いた。

ベンチに深くもたれ、手で額を押さえている男——多岐川だ。

その脇では、勇次が心配そうに佇んでいた。さらには、距離を置いて舎弟数人が取り囲んでいる。周辺に異常がないか、いついかなるときも目を光らせているのだ。

シャツ姿の勇次はともかくも、スーツ姿の男が何人も連れ立っているのは異常な光景だった。カップルや親子連れがほとんどの遊園地で、目立たないはずがない。

いくらスーツを着ていても特殊な職業であることはわかるらしく、さきほどから何人もの客が一行の存在に気づいては、顔を引き攣らせて逃げるように去っていった。

いまも、幼稚園児くらいの男の子を連れた若い母親が、こちらに気づいてあからさまに顔色を変えた。

「あのおじちゃん、泣いてるの？」

「しっ」

興味深げに多岐川を指差す我が子の腕を掴み、抱き上げんばかりの勢いで母親が足早に通り過ぎていく。

もしかして、自分たちが営業妨害をしているのではないか。凛は心配になった。客が少ないのは、平日の昼間だからというだけではないような気がする。

けれど、周囲の迷惑をよそに多岐川はベンチから動こうとしない。

ジェットコースターを降りた時点で顔色がおかしいとは思ったのだが、その次に乗ったティーカップが決定打となったようだ。くるくると回る可愛らしいティーカップの中で、多岐川は見る間に青ざめていった。

ティーカップから降りた多岐川は、「しばらく休憩する」と呻いてベンチに沈み込んだ。それから、すでに十分以上が経過している。

具合が悪いなら、帰ったほうがいいのではないか。

舎弟連中もそう思っているだろうに、誰も自分からは言い出さなかった。こんなときにも、組織における上下関係は絶対らしい。とくにいちばんの下っ端である勇次は、声をかけたそうにしながらもおろおろと見守るばかりだ。

多岐川がこれほど遊園地のアトラクションが苦手だなんて、思いもしなかった。ジェットコースターなどのスリリングは乗物はともかく、ティーカップなどの可愛らしい乗物もだめだなんて。こうなると、車酔いしないのが不思議なほどだ。

だから玲一は、遊園地に連れていってもらえと唆《そその》したのか。

あんなに綺麗な貌をしているくせに、なかなか人が悪い。どうして遊園地なんだろうと不思議だったけれど、多岐川の反応を目の当たりにして納得がいった。つきあいの長い玲一が、このことを知らないはずがない。

それにしても、どうして多岐川は遊園地に連れてきてくれたのだろう。しかも凜と一緒に、苦手なはずのアトラクションにまで乗るなんて。

ジェットコースターもティーカップも、凜は乗りたいと言わなかった。多岐川が強引に凜を引きずって乗ったのだ。そもそも、遊園地に行きたいなんて一言も言っていない。

『玲一となにを話したんだ?』

あの日、玲一が帰るなり多岐川に訊ねられた。

『子供のころのこととか……ご両親のこととか、聞きました』

また玲一に色目を遣ったのと、理不尽な言いがかりをつけられるのだろうか。警戒しながら言葉を選んで答えると、多岐川は意外そうに目を瞠った。

『両親のことか……あいつはずいぶん、おまえが気に入ったようだな』

多岐川の精悍《せいかん》な容貌になんとも言えない表情が過る。戸惑いとも苛立ちともつかぬ、曖昧で複雑な表情だ。

やはり玲一に対して友情以上の感情があるのではないか。

結局その日は、玲一と話したことについてはお咎めなしだった。

おとなしく寝ていたおかげで、翌日にはすっかり回復した。医者の見立てどおり、疲労とストレスが原因で発熱したらしい。

以来、なにを思ったものか多岐川は凛に触れてこなかった。自分で抱くことも、玩具で弄ぶこともしない。夜中寝ていて、帰宅した多岐川に起こされることもなかった。飽《あ》きたのだろうか。五日間なにもないというのは、初めてだった。

不審に思いつつも警戒していたところ、今日になっていきなりの遊園地行きだ。講義を終えていつもどおり迎えの車に近づくと、なぜか多岐川が乗っていた。

『出かけるぞ』

『どこへですか?』

『遊園地。行きたいんだろ?』

驚いて目を瞠ると、多岐川はぶすっとした貌になって革張りのシートにもたれた。

『玲一にねだるくらいだ。そんなに行きたいなら、連れてってやる』

いつもの有無を言わさぬ態度だった。

なにか魂胆《こんたん》があるのだろうか。多岐川がどういうつもりなのか、さっぱりわからなかった。

そうして連れてこられたのは偶然にも、子供のころよく両親に連れてきてもらった遊園地だった。

よりによってここに、多岐川と来ることになるなんて。

新しいアトラクションが増え、遊園地はだいぶ様変わりしている。それでも、メリーゴーランドやティーカップという昔ながらの乗物はまだ健在で、ゲーム機が並ぶアーケードや売店のあたりはさほど変わっていない。舎弟を引き連れた多岐川が一緒、という状況だけは昔とかなり違ったが。

わくわくしながら園内を巡った記憶が蘇る。これから父と待ち合わせて食事をするというのに、ソフトクリームをねだっては母親を困らせたものだ。

二度と戻らない子供の時間。永遠に失われてしまった、家族のぬくもり。

両親が亡くなってから、毎日を生きることに必死で、ゆっくり思い出に浸る暇もなかった。

自分を苛む多岐川が怖くて、近くにいるだけで緊張してしまったから。

それが――。

「……あの、大丈夫ですか?」

すがるような舎弟連中の視線に後押しされ、凛はついに多岐川に声をかけた。傍らに立っていた勇次がごくりと息を呑む。

「なにか飲み物でも買ってきますか?」

多岐川に親切にする義理などないのだが、大の男がベンチにへたり込んだきり動けない様子はさすがに哀《あわ》れを誘った。いつもは大勢の部下を従えて肩で風を切っている多岐川が、と思うと、失笑を禁じえない。凜は吹き出しそうになるのを必死で堪えた。

「……いらん」

額を押さえたまま、多岐川が低く唸る。

「くそ……あんなもん、いったいどこが愉しいんだ。開発したやつの気が知れん」

地獄の底から響いてくるような、呪《のろ》わしげな声だった。

「もしかして、ジェットコースターが苦手なんですか？」

「苦手なんじゃない。重力の法則に反した乗物が嫌いなだけだ」

多岐川が視線だけを上げて、指の隙間から凜を睨んだ。情けなく充血した瞳は、いつもの迫力に欠けている。

「嫌いなら、どうして乗ったんですか？」

「今日初めて乗ったんだよ。嫌いだなんて、自分でも知らなかったんだ。玲一のやつ、俺が飛行機嫌いだからこの手の乗りものもダメだって見抜いてやがったな」

「……」

絶句するしかなかった。飛行機が苦手なら、絶叫系のアトラクションはもっと苦手だろうと自ら察しがつくのではないか。三十も過ぎた大人が、それでよく初めてジェットコースターに乗ろうと思ったものだ。多岐川の思考回路はやはり、凜には理解できない。

「本当に、一度も乗ったことがなかったんですか?」

「ああ」

眉間に皺を刻みながら、多岐川が背もたれから体を起こした。

「子供のころ、遠足で遊園地に行きませんでしたか?」

「ないな。休ませられた。ちょうどいろいろと揉めてた時期だったからな。学生時代は学校と家を往復するだけの、品行方正な暮らしをしてたんだぜ。ふらふら出歩いてうっかり攫われでもしたら、親父の顔に泥を塗っちまうからな」

玲一が言っていたとおり、ふつうの生活とはかけ離れた環境で育ったようだ。暴力団同士の抗争に巻き込まれては危険だからと、遠足を休ませられる子供がいるなんて、凜には想像できなかった。

「いい加減、そんな生活が嫌になって、高校に入ってからはしばらく家に寄りつかなかったんだが……まあ、いろいろあって家に戻った。結局、俺が継ぐよりしょうがないしな」

ヤクザであることを心から愉しんでいるように見える多岐川にも、かつては葛藤《かっとう》があったのだろうか。淡々とした口調だったが、かえってそれが凜には引っかかった。

長男に生まれたというだけで、選択の余地もなく、後継者に定められる。多岐川に抵抗感や嫌悪はなかったのだろうか。平凡だけれど穏やかな生活を、一度も羨ましいと感じたことはなかったのだろうか。

「俺まで、よけいなことを話しちまったじゃないか」

舌打ちし、多岐川が隣にいる凜をじっと見つめてくる。輪郭から額、瞳から鼻梁《びりょう》、唇を辿っていく視線が感じられた。

「似てるって言えば、似てるが……やっぱり違うな」

多岐川の瞳が、どこか遠くを見るように眇められる。凜を見ていながら、凜というフィルターを通して誰か別人を見ているようだ。

「玲一はたぶん、昔の自分を見ているような気分になるんだろうな」

多岐川が小さく笑った。玲一に対するときにだけ見せる、和らいだ表情で。

「九重さんが……?」

しなやかな力強さに溢れた、怜悧な美貌。そんな玲一に似ていると言われれば、悪い気はしない。初めて会ったときに、自分でも似ているのではとも思った。

なのにいまは、玲一に似ていると言われても素直に喜べなかった。重い石を飲み込んだように、胸が苦しくなる。

多岐川が自分を引き取ったのは、——玲一の身代わりとしてなのだろうか。

二十億もの大金を費やしてまで手に入れる価値が自分にあるとは、凜にはとうてい思えなかった。

玲一に似ている。ただその一点のみに、存在価値があるとしたら——。

「まあ、そのことはいい」

多岐川の声に、物思いを破られる。

「遊園地は楽しかったか？」

「……思ったよりは」

しばし考えてから、凜は慎重に返した。玲一の言うとおり、ふだんめったに見られないものが見られたからだ。大の男が青ざめてベンチにへたり込んでいる姿は見物《みもの》だった。

「それはよかった。だったら今度は、おまえが俺を愉しませる番だな」

すっかり立ち直ったらしい。多岐川がにやりと不敵に笑う。

「次はあっちに行くぞ」

多岐川が指差したのは、遊園地のすぐ側にあるシティホテルだった。

「ぅ……」

真下から灼熱の塊が押し当てられ、凜は竦み上がった。快感に蕩けていた体が緊張に強ばる。

「逃げんなよ」

ぞくりとするような甘い囁きがして、浮き上がった腰を男の腿の上に引き戻された。ベッドに体を起こし、緩く脚を組んだ多岐川の上に抱き上げられた格好だ。

「や…っ、できな…い」

多岐川の上に乗って自ら受け入れることを命じられ、凜は無理だとかぶりを振った。初めての体勢でもあるし、いつもより深く貫かれそうで怖い。

「さっき、さんざん濡らしてやっただろうが」

多岐川の言葉どおり、小さな双丘の狭間はアメニティのローションで滴るほど濡らされている。

「で…でも、無理…」

「やってみないうちから無理だの言うなよ。どんなに嫌がったって、いつも最後には腰振って大悦びしてるじゃねぇか」

否定できなかった。悔しいことに、毎回行為を強制されていながら、いつも最後には快楽に溺れてしまう。

「さっきはこの俺が、命の危険を冒《おか》してまでアトラクションにつきあってやったんだぜ？　それに比べれば、このくらいなんでもないだろうが」

恩着せがましい言い方だった。なにも、一緒に乗ってほしいと頼んだわけじゃないのに。

「おまえのせいで、俺は通行人のいい笑いものになったんだからな。ねんごろに償《つぐな》ってもらわないとな」

「で…でも、それとこれは……」

「うるさい」

論点が違うのではないかと言いかけた凜を、多岐川が不機嫌に遮《さえぎ》った。

怒らせただろうか。凜のしろい頰が怯えに強ばるのを見て、多岐川の双眸に後悔にも似た苦い色が過った。

どうしたのだろう。この程度のやりとりは何度も交わしてきたはずだ。不思議に思って睫を瞬かせていると、多岐川が小さく舌打ちした。

「調子が狂うな」

「まだ具合が悪いんですか？」

ぼそりと呟いた男の広い肩に手を伸ばすと、触れるまえに手首を摑まれた。

「ったく。いい加減にしろよ」

わけがわからないまま、頬を包み取られた。乾いて熱い掌の感触。それ以上に熱い唇が重ねられた。

「……ふ、…っ」

顎を押され、唇を開けるように促される。仕方なくわずかに開くと、熱い舌先が押し入ってきた。大胆で狡猾な舌が凜の口中をくまなく探る。

「ん…ん、…っ」

感じやすい部分を撫でられ、絡められ、吸い上げられて、指先まで甘い痺れが走る。頭の芯がくらりとして凜の上体が揺らぐ。多岐川に背中を抱きとめられ、さらに深く貪られた。

よくなめした革のような、しなやかな肌が触れる。なにを思ったのか、多岐川は珍しく自らも素肌を晒していた。

見事に隆起した広い肩、浮き出た腹筋。引き締まった体軀は、同性ながら見蕩れてしまうほどだ。そこには、想像していたような刺青《いれずみ》などの類はいっさいなかった。

「ふ…っ」

息が続かないというぎりぎりになって、やっと唇が離れた。

「本当に、キスに弱いな」

「そ……んなこと……」

笑みを浮かべた多岐川の唇が口許に触れ、頬からこめかみを辿る。目許に滲んだ涙を拭われ、凜はくすぐったさに身を縮めた。

なんだか、おかしい。調子が狂うのは、こっちのほうだ。恋人にでも接するような多岐川のやさしいしぐさに、甘く胸が騒ぐ。

両親は多岐川からの借金が引き金となって死を選んだ。自分は、借金のかたに多岐川に買われた。

金で買われた人間と、買った人間。多岐川とのあいだにあるのは、金を介在した関係だけだ。

夜中、うなされたときに抱きしめられたり、熱を出したときに医者を呼んでもらったり、遊園地に連れていってもらったりしても、多岐川との関係が変わるわけではない。

それでも、多岐川に対する当初のような憎悪や敵愾心は薄れていた。ヤクザという存在じたいに対する恐怖や嫌悪はあるが、それも以前ほどではなくなっている。

それが、ふとした折に多岐川の素《す》の表情に触れたり、過去の一端を覗かせる思い出話を聞いたことによるものなのかは、わからない。

ただ、慣れたのは確かだ。多岐川の存在に、そして男との行為に。

それがひどく恥知らずな気がして、凜は耳朶まで火照らせた。睫を啄ばむ、多岐川のしぐさがやさしくて、よけいに気恥ずかしい。

「離してください」

「馬鹿なこと言うなよ。これからだろうが」

凜の腰を抱いていた男の手が、双丘に滑り落ちる。

シャワーを浴びる際にさんざんあちこちをまさぐられたけれど、今日はまだ一度も体を繋げていなかった。肌に触れる男のそれは、怖いほど熱く滾っている。

「おまえだって、収まりつくのか？」

感じやすい耳朶に男の吐息が掠めて、凜はひくりと喉を震わせた。双丘の奥へと忍んできた指先が、たっぷりと潤わされた窄まりに触れてくる。

「欲しがってるじゃないか。指が飲み込まれそうだぜ」

「あ…っ」

丹念な愛撫に蕩けさせられたそこは、すでにひそやかな開閉を繰り返していた。男の指を押し当てられただけで、嬉しげに波打ち、奥へと誘うように自ら口を開く。

我ながら、呆《あき》れるほどの貪欲な反応だった。多岐川が触れてこなかったのは、ほんの五日間だ。たった、五日。

恥じ入るよりも、愕然としてしまう。こんなにも自分は淫らで、欲望に脆《もろ》かっただろうか。

「とろとろになってるな。これなら、自分から飲み込めるだろ」

「う…っ」

浅く花弁を割られて、ローションがくちゅんと濡れた音を立てる。まるで自分自身が濡れたようだった。

「腕はこっち、膝はこっちだ」

多岐川に導かれてその首に両腕を絡め、肩先にしがみつく。両膝をベッドに着き、腰を浮かせた格好だ。

「あぁ、っ」

位置を定める間もなく滾る熱が触れてきて、凜は狼狽した。驚きに跳ねた腰を多岐川が押さえつける。柔らかく開花したそこは、男の蹂躙を拒めなかった。

「あぁぁ……っ！」

秘密の輪を潜り、太く大きな先端が内部へ押し入ってくる。とろとろに蕩かされた花襞を内側に向けて擦り立てられて、熱い愉悦が火花のように肌を灼く。

「は…ぁ、ぁ……」

先端部分を飲み込んだところで、凜は肩を喘がせて動きを止めた。ベッドに着いた膝が、ぶるぶると震えている。

苦しかった。太い雄芯を嵌め込まれて、そこが口いっぱいに開いているのがわかる。それなのに、中途半端に押し開かれた花筒の奥が男を欲して切なく疼いていた。

「焦らすつもりか？　まだまだあるんだぜ？」

「ひ…っ」

支えた腰を揺さぶられて、開花を強《し》いられた花弁を攪拌される。硬い楔で擦り立てられた柔襞から、激しい喜悦が熱い痺れのように湧き上がった。

「あう、んっ」

欲望に突き動かされて、わずかに腰を下ろす。じんと走った甘い快感に動けなくなるが、しばらくするとまた込み上げてくる疼きに駆り立てられて腰を進める。

みっちりと埋め尽くされる、充溢感。男に穿たれた部分が、燃え上がるように熱くなっている。すっかり膨らんだ果実は、先端にねっとりとした露《つゆ》を結び、もの欲しげに揺れていた。

膝ががくがく震え、いまにも崩《くず》れそうだ。自分自身を支えきれず、凜は男の肩先にすがる指に力をこめた。

「も…、無理……」

これ以上はできないと、乱れた吐息交じりに訴える。男の肩先に額を擦りつけるしぐさには、無意識の媚態があった。

「しょうがねぇなあ」

言葉ほどに、多岐川の口調には突き放すような響きはなかった。ひそかな笑みさえ孕んだ声は思いのほか甘く、凜の背中をぞくりと震わせる。連動するように、多岐川を半ばまで銜えた内奥がきゅんと引き締まった。

「こっちは、もっとってておねだりしてるってのに」

「あぁ……んっ」

摑んだ腰をぐっと下ろされ、同時に勢いをつけて突き上げられる。凄まじいまでの存在感が、繊細な襞を巻き込むようにして身の裡深くに食い込む。

「ひあ、あ……っ」

自分自身の重みで、下から深々と硬い楔に突き上げられる。喉許まで突き破られそうな恐怖を感じ、凜は悲鳴のような声を放っていた。

「あっ、あ、あ……」

びくびくと肩を震わせながら、懸命に浅い息をついた。多岐川を銜えている部分が、じんじんと脈打つように疼いている。

「できたじゃないか」

小刻みに震える背中を撫でながら、多岐川が「いい子だ」と満足そうに囁く。ふだんなら反感を覚えるだろう、小さな子供を褒めるような男の言動にも、いまはなぜか胸を甘く締めつけられるだけだ。

鼓動が激しく高鳴り、胸が壊れそうだった。最奥では、それとは異なるリズムで多岐川が脈打っている。

「……動かな……で……」

「つらいのか」

小さく、違うと首を振った。さすがに回数を重ねたせいで、以前のような苦痛はない。つらいのではなく、苦しかった。繋がった部分だけではない。体中が、多岐川の存在で埋め尽くされたようで。

「だ…って、……いっぱい……」

ここまで、と吐息だけで続けて、男の肩にすがっていた手を離し、小さく引き攣る下腹部をそろそろと示す。

「さすがにそんなにはないぜ」

臍《へそ》の下までは届かないなと多岐川は苦笑し、軽く揺する。過敏に反応した腿が浮き上がり、ぶるぶると震えながら男の腰を挟み込んだ。

「いや、あ、あ……だめ…ぇ」

制止を求めた声は、甘ったるく濡れていた。

小さな双丘を大きな掌に摑み締められ、割り開くようにして揺すり上げられる。隙間なく密着した部分をぬるぬると擦られ、体中が快感に粟立つ。濡れた粘膜が嬉しそうに震えて、多岐川の昂りに吸いついていた。

「もっと締めつけてみろ」

「やあ…っ」

つんと尖った胸の突起を摘まれて、つきんと甘い快感が下肢に伝い落ちる。きゅうと窄まった粘膜が、多岐川を押し包んだ。

摘み上げ、捻り、じわじわと押し潰し、揉み立てる。乳首への愛撫に合わせて、多岐川を銜え込んだ内奥が妖しく蠢いた。

「あっあっ、い、や…あ、も…しな……で、……っ」

「聞けないな」

多岐川がにやりと口角を吊り上げる。成熟した雄の色気が滴るような表情にぞくりとした瞬間、ずるりと音を立てて中から硬い楔が引きずり出された。

「あ、あ…ぁぁっ」

ひくつく内襞を擦り立てられるたまらない快感に、あたりを憚《はばか》らぬ喘ぎが零れる。間を置かず、猛々しく研ぎ澄まされた雄の刃を深奥まで突き立てられて、男の膝の上で凜の体が仰け反り上がった。

「あっ、あ…ぁっ、あ…ん、ッ」

深い——。自分自身の重みと揺さぶられる動きに、信じられないほどの深みまで多岐川に満たされる。力強い腕に腰を持ち上げられ、引き戻されるたびに、叩きつけるような突き上げが奥の奥までを襲った。

「ひあ…ぅ」

そうかと思うと、深く沈めたままで大きく捏ね回される。容赦のない抽挿で柔襞を擦られ、串刺しにされては引き抜かれて、ぐっしょりと濡れ蕩けた蕾が聞くに耐えない音を立てた。

「俺の腹に当たってるぜ?」

「あう、ぅ…ぅ」

突き上げに合わせて、熟れた花茎が男の硬い腹筋で擦られている。たらたらと溢れる雫が男の腹にぬめった軌跡を描く。それでもなお凛の体は、貪婪にうねる襞を引き絞り、男がもたらす快感を享受《きょうじゅ》しようとしていた。

「だらだら零しやがって、いやらしいな」

「あ、あ……いや、ぁ…っ」

もうやめてと首を振っても、多岐川はじりじりと擦り上げる動きをやめてくれない。連動するように、熱くぬかるんだ内部が男を締め上げた。

「あぁ、ひ…あ、あ……っ」

がくがくと揺さぶられながら、苛烈なまでの快楽にはしたない喘ぎが口を衝いて出る。意識が白く眩みかけたが、嵌め込まれた雄芯に絡みつき、喰い締める己の粘膜の貪欲さははっきりと感じられた。

「達きっぱなしか?」

「う…ぅ……終わらな……」

言わないでと身を捩れば密着した粘膜が擦れて、鮮烈な快感が脊髄《せきずい》を駆け抜ける。引き攣る背中を撫でられても、耳朶を食まれても、どこをどうされても感じた。

表皮も内部も、ぐちゃぐちゃに蕩けている。セックスがこんな行為だったなんて、多岐川に教えられなければ知らなかった。

恥ずかしくて、怖くて。なのに、抱きしめられる以上に深く繋がっているという一体感があった。

どうしてなのだろう。あれほど多岐川を忌《い》み嫌い、憎んでいたはずだ。両親の仇として、復讐したいとさえ願っていたのに。

それがいまは、多岐川の腕の中で悦楽と安堵を覚えている。いったい、どうしてしまったんだろう。多少やさしくされたり、思いもしなかった表情を見せられたくらいで。

多岐川に与えられる甘い毒のような快楽に侵されて、きっとおかしくなってしまったに違いない。

「死んじゃう……死んじゃう……っ」

「いいぜ。何度でも死にな」

注ぎ込まれる囁きは、鼓膜が溶けそうなほどに甘い。

自分を苛む男の背にしがみつきながら、凜は終わらない愉悦の波に翻弄された。

四

階下で人の気配がする。多岐川が帰ってきたのかもしれない。

部屋で卒論の資料を読んでいた凜は、廊下を歩く足音や話し声に耳を澄ませた。

周囲の同級生たちが続々と内定を得るなか、凜は卒業論文の作成に専念していた。働いて、少しでも借金を返したい。その気持ちに変わりはないし、就職を諦めたわけではないけれど、大学とマンションの往復しか赦されない現状では、就職活動をするのは不可能だ。

多岐川に与えられた部屋を見渡し、凜は重い気分になった。最初はなかったコンポやらパソコンが増え、クローゼットの中には真新しい衣服がぎっしりと並んでいる。

もちろん、凜がねだったのではない。すべて、多岐川が勝手に手配したものだ。その都度、学生の身には不相応だと断ったのだが、聞き入れてもらえなかった。

――これも負債に加算されるんだろうな……。

卒業までの学費と生活費の面倒を見てもらうという条件ではあったけれど、一着何十万もするスーツや高額なステレオセットはどう考えても贅沢すぎる。

憂鬱だった。卒業後の進路が見えない不安が重くのしかかってくる。いまの凜にできるのは、卒業論文を仕上げて、来年三月に卒業することだけだ。

多岐川と一度、ちゃんと話し合ったほうがいい。

機嫌のよさそうなときに持ち出そうとタイミングを見計らっているのだが、遊園地へ出かけて以来、多岐川はいっそう多忙になっていた。

この一カ月、凜が起きたときにはすでに出かけているし、帰宅は日付が変わってからだ。今夜のように、十一時すぎの帰宅は珍しい。

だからといって凜が多岐川から解放されるはずもなく、寝入りばなを起こされて、相手をさせられることもしばしばだ。

多岐川の旺盛な体力には呆れるのを通り越して、驚嘆《きょうたん》してしまう。はるかに若い凜のほうは、大学とマンションを往復し、多岐川の相手をするだけで、体力を消耗しているというのに。

多岐川を送ってきた舎弟連中の一部が帰ったのか、玄関先で物音がしてから静かになった。

空になったマグカップを持ち、階段を下りていく。これなら、飲み物が欲しくなったという言い訳ができる。

多岐川の姿はリビングにあった。

「いいか、叔父貴たちに気づかれないようにしろよ。なにか訊かれても、知らぬ存ぜぬで通せ」

肩で携帯を挟んで会話しながら、多岐川が鬱陶《うっとう》しげにネクタイを引き抜く。くつろげた襟許から覗く、張りつめた肌が目についてどきりとする。

不思議だった。初めて会ったときから、多岐川は印象的な男だった。だが、九曜会若頭という素性を知り、無惨に蹂躙されてなお、どうして目を惹きつけられるのだろう。

額に落ちた髪を払った多岐川が、凜に気づいて視線を上げた。端整な目許に滲むかすかな疲労がかえって色気を添えていて、胸を鷲摑みにされる。

「お…、お帰りなさい」

どぎまぎしたせいで、思わず言っていた。通話を終えて携帯を閉じた多岐川が一瞬、虚《きょ》を衝かれたような表情になる。

その反応に、生活を共にしていながら、日常の挨拶を交わしたのはこれが初めてだったことに気づいた。

いきなり、妙だったろうか。でも、凜の育った家庭ではごく当たり前のことだった。朝は「おはよう」を言うし、出かける際には誰かが「いってらっしゃい」と声をかけてくれ、帰宅すれば「お帰りなさい」と迎えてくれる。

「……ああ」

なにか眩《まぶ》しいものを見るように目を眇めてから、多岐川はどこか気まずげに返した。どさりとソファに腰を下ろす。

「まだ起きてたのか」

「卒論の資料を読んでいたんです」

多岐川とのあいだに漂う空気は、以前に比べれば格段に穏やかだ。いつ理不尽な言いがかりをつけられるとも限らないけれど、多岐川と向かい合ってもさほど緊張しなくなった。

「ふうん。熱心だな」

目を細める多岐川の表情には揶揄も皮肉もなく、ただ柔らかい。

こんなときだ。多岐川のふとした表情やしぐさに、どうしようもなく胸がどきどきしたり、面映ゆいような気分になったりしてしまうのは。

「なにか飲みますか」

速くなった鼓動を持て余し、凜はマグカップを手にキッチンへ逃れた。進路の話をするには絶好のチャンスだが、そのまえに心構えをしておきたかったのだ。

「サービスがいいじゃないか。珍しいな」

「ついでです」

せっかく親切心を出して訊ねたのに。むっとして振り返ると、多岐川は喉を鳴らして笑った。

「ビール」

「お酒はもうだめです。どうせ今日も飲んできたんでしょう」

こんなやりとりができるようになったのも、最近になってからだ。ぎすぎすした雰囲気や、ささくれ立った感情をぶつけることに、自分でも思ったより疲弊していたらしい。

両親が亡くなってから三カ月近くが経ち、ようやく立ち止まって考える余裕が生まれていた。

父親の事業が行き詰ったのはつまるところ、彼自身の責任だ。多岐川が直接の原因を作ったわけではない。それは、両親の心中も同じことだ。両親の死に対して、凛なりに折り合いをつけつつあった。

けれど相変わらず不可解なのは、多岐川が自分を買った理由だ。

『似てるって言えば、似てるが……やっぱり違うな』

多岐川が呟いた言葉が頭から離れない。

玲一に似ているから、自分は多岐川に買われたのだろうか。

多岐川とは、葬儀の夜に初めて会ったようなものだ。その前は、父のオフィスで擦れ違っただけ。

多岐川が凜を気に入ったとすれば、――外見しかない。玲一に似ている、この貌だけだ。なんとなく、憂鬱だった。玲一に似ていることじたいは、悪い気がしない。けれど、それが原因で多岐川に買われたのかと思うとひどく気が滅入った。

自分の感情なのに、よくわからない。

先日、多岐川がぼやいていた調子が狂うというのは、こういうことなのだろうか。

「水です」

「なんだ、つまんねぇな」

冷えたミネラルウォーターを注いだグラスを差し出すと、多岐川は不満そうに呟きながらも受け取った。視線で隣に座るように促され、距離を置いて腰を下ろす。

グラスを飲み干す男の喉が小気味よく上下する。危うく見入りそうになり、凜は多岐川から視線を引き剝がして自分のグラスに口をつけた。ミネラルウォーターの冷たさに、頭の中が冴える。

「お話があるんです。その、卒業後のことで」

「なんだ？　改まって」

空になったグラスをテーブルに置き、多岐川が怪訝《けげん》そうに眉を上げる。凛から多岐川に話を切り出したのはこれが初めてなのだから、無理もない。

「大学院にでも行きたいってのか」

「そうじゃありません」

まったく予想していなかった多岐川の言葉に、とんでもない、と凛は力いっぱい首を横に振った。そんなことをすれば、借金が増えるだけだ。

「働きたいんです」

「必要ない」

にべもない。一言の許に切り捨てられて、凛はぐっと詰まった。

多岐川はさきほどまでのくつろいだ空気を一変させ、険《けわ》しい表情で凛を見据えている。

「で…でも、働いて、少しでもお金を返したいんです」

「必要ないって言ってんだろ」

吐き捨てるような語調に怯みかけながらも、凛は必死で言い募った。

「そういうわけにはいきません。だって、借金以外にも、ここに移ってきてからも服だの本だのパソコンだの買ってもらったし……」

「気に入らなかったのか」

「ち、違います。俺が言いたいのは、そうじゃなくて……」

論点がずれている。会話がうまく噛み合わない。どうしたら、多岐川に自分の気持ちを伝えられるだろう。凛だって、多岐川の機嫌を損ねるのは本意ではないのだ。

「自分のペットに、みすぼらしい格好させられるか」

「俺はペットじゃありません……！」

「俺に飼われてることには変わりないだろ」

「そんな、……っ」

反論できなかった。多岐川に生活のなにもかもの面倒を見てもらっているのだから。わかっていても、面と向かって言われるとショックだった。

多岐川にとって凛は、玲一の身代わりでしかない。顔立ちが似ていて、飼い主に従順な愛玩動物であればいいのだ。

改めて思い至った事実に、じんわりと胸が痛む。誰の身代わりだろうと、金で多岐川に買われたことに変わりはないのに。

「なにが不満なんだ」

「不満とかじゃ、なくて……」

どうしてもっとうまく話せないのだろう。焦るほどに、舌が動かなくなる。傲慢な多岐川の言い草に反論するどころか、自分が情けなくて鼻の奥がつんと痛んだ。

　こんなことくらいで、どうして涙なんか。戸惑ううちにも視界が潤みはじめる。瞬きを繰り返して紛らわせようとしていると、多岐川が「まったく」とぼやいた。

「面倒なやつだな、おまえは」

「……っ」

　ため息とともに吐き出された台詞に、ひくりと喉が鳴った。ひどく嫌な感じがして、全身がそそけ立つ。

　呆れられた。

　多岐川に好かれたいとか、気に入られたいとか思ってたわけじゃない。むしろ、飽きられて早く解放されたいと願っていたはずだ。

　けれど、多岐川のささいな言葉は鋭く胸に突き刺さり、指先まで広がる痛みが凛を動けなくさせる。

「なにが気に入らないってんだよ、ああ？」

「あ、…っ」

　いきなり顎を捉えられ、顔を上げさせられる。凛のうっすらと濡れた瞳と目が合ったとたん、多岐川がぎょっとしたように固まった。

「なんだってんだ、ったく」

目を逸らしたのは、多岐川のほうが早かった。わけがわからないと言いたげな、苛立ちよりは困惑が色濃く滲んだ口調で呟き、おおざっぱに髪を掻き上げる。

「なにも泣くこたあないだろ」

「な、泣いてなんかいません」

目がちょっと潤んだだけだと首を振ろうとしたら、再び多岐川の掌に頬を包み取られた。

「嘘つくなよ。泣いてんだろうが」

「…ぁ」

男の顔が近づいてきて反射的に目を閉じると、濡れた睫を啄ばまれた。くすぐったい。縮こまった体を引き寄せられ、涙の滲んだ目許に唇を押し当てられる。

「そんなに働きたいっていうんなら、今夜も稼がせてやるぜ?」

驚いて顔を上げれば、意味ありげなまなざしと目が合った。なにかを言うまえに、否応なく唇を塞がれる。

驚きに開いた唇の隙間から、男の舌が押し入ってきた。悪戯っぽく歯肉を擦られて、きつく舌を絡められる。

肉厚な舌で敏感な口腔をまさぐられると、ぞくぞくして力が入らなくなった。甘い痺れが背筋を這い上がり、蕩けるような快感となって全身を満たしていく。

――どうして……。

くちづけも、頬を撫でる掌も、ひどくやさしかった。

怖くなる。頑なによろってきた心まで、丸裸にされそうで。

「そんな貌すんなよ」

眉間に皺を寄せたことに気づいたのか、多岐川が顔を上げた。

「今夜は疲れてるんだ。抱き枕で我慢してやる」

にやりと笑った多岐川の表情には、どきりとするような色香があった。


講義の終了を告げるチャイムが鳴り響くなか、学生たちが我先にと教室を出ていく。教科書を鞄にしまいながら、凜は小さなため息をついた。

今日も、門の近くには迎えの車が待っているはずだ。必要があれば大学の図書館に寄ったり、買い物したりすることは許可されたが、電車での通学は赦されなかった。

大学構内でも、相変わらず見張りの姿がある。じょじょに行動範囲が広くなっているとはいえ、常に誰かの視線があるのは息が詰まった。

昨夜は結局、多岐川と卒業後の進路についての話し合いはできなかった。あのあと、ベッドに連れられて抱き枕にされたからだ。

なにかされるのではと警戒していたのだが、腕の中に凜を抱き込んだ多岐川は、そのうち安らかな寝息を立てはじめた。

悪夢にうなされた夜、包み込んでくれた体温。変わらないぬくもりに包まれて、凜もまたいつしか眠りに落ちていた。多岐川が先に起き出したことにも、気づかなかったほどだ。

——これから、どうなるんだろう……。

今度こそちゃんと話をしなければと思うけれど、昨日の多岐川の強固な態度を鑑《かんが》みると説得するのは難しそうだ。そもそも、容易に自分の考えを翻すような男ではない。

——九重さんに、相談してみようかな。

脳裏にあの美貌が浮かび、次の瞬間、凜は焦った。どうして、あの人に相談しようなんて思ったんだろう。

玲一と会ったのは、まだ数回しかない。それでも、玲一にはなぜか奇妙な親近感を感じていた。

『不本意な状況だろうが、多岐川を利用してやるくらいに思えよ。あいつは利用しがいのある男だぜ』

『生き延びることを考えろ』

玲一の言葉は確かに、凛の支えになっていた。

なにより、多岐川の意外な弱点を教えてくれたのは玲一だ。あれは見物だった。遊園地のベンチでぐったりしていた男の姿を思い出し、凛の唇が綻ぶ。

「凛」

友人の声がして、凛ははっとして振り返った。入学時から親しくしている三人の友人が、親しげに笑いかけてくる。

「これからカラオケに行こうって話になったんだけど、どう?」

「……ごめん。ちょっと予定があって」

嘘をつくのは心苦しかったが、本当の理由を言うわけにはいかない。

「そっか、残念。親父さんの知り合いって人、うるさいのか?」

「あ……、うん。お世話になってるから、あんまり出歩くわけにいかなくて」

「真面目だからなあ、おまえ」

「でも、一時期よりは表情が明るくなって安心したよ」

「え……そう?」

友人の一言に、どきりとする。そんなことがあるだろうか。多岐川に引き取られてからは毎日、苦難の連続だった。それに比べれば確かに最近は、多岐川の傍若無人《ぼうじゃくぶじん》さに慣れてきたと思う。

「なにかあれば俺たちに話せよ。そうは言っても、話を聞くくらいしかできないけど」

「そうそう。また暇ができたら、遊ぼうぜ」

友人たちは決して、両親の心中には触れようとしなかった。凛を傷つけないよう、慎重に距離を図りながら接してくれる。そんな彼らの思いやりが嬉しかった。

「うん。ありがとう」

礼を言って校舎の廊下で友人たちと別れ、校門へと向かった。ほんのりと胸があたたかい。気遣ってくれる友人たちに、いまさらながら感謝が湧いてくる。

途中、学生たちが立ち止まり、みな一様にある方向を見つめていた。なにかあったのだろうか。

彼らの視線の先を辿ると、そこには玲一の姿があった。さきほど思い浮かべた以上にあざやかな美貌の持ち主が、足早に向かってくる。

「凛」

周囲のざわめきをよそに、涼やかな声が響く。玲一の怜悧な美貌には、いつもの彼らしからぬ焦燥《しょうそう》があった。

「九重さん……？」

どうして玲一が現われたのだろう。不思議に思っていると、歩み寄ってきた玲一に腕を取られた。

「一緒に来てくれ」

「どこへですか？　なにか、……」

あったんですか、とそれ以上は続けられなかった。

「多岐川が撃たれた」


白い病室は清潔だが、どこか殺伐《さつばつ》としている。薬品と消毒薬の混ざった病院特有の匂いと、無骨な医療機器のせいだ。

凜はまんじりともせず、ベッドに横たわる多岐川を見つめた。多岐川の寝顔を見るのは、これが初めてかもしれない。

酸素マスクをつけられた男は微動だにしない。よく見れば呼吸するリズムに合わせて胸が上下しているのだが、閉じた瞼はぴくりともせず、このまま永遠に目を覚まさないのではないかと思えた。

多岐川に両親の死を償わせるのなら、同等の罰でなければならない。多岐川の死こそ、究極の復讐だった。いっときは、そう願っていたはずだ。

けれど、玲一から多岐川が重傷を負ったことを知らされたときに感じたのは、全身が凍りつくような恐怖だった。

多岐川が、死んでしまうかもしれない。

両親を失ったように、多岐川も——。

底のない絶望に、ずぶずぶと足許から飲み込まれていくようだった。玲一によって病院に連れられてからこのかた、放心に近い状態が続いている。

なにがなんだか——なにをどう考えればいいのか、わからない。死とは無縁に思われた屈強な男が銃弾に倒れ、ベッドに横たわっている。それを目の当たりにして、これは現実の出来事なのだと認識するのが精一杯だった。

なにが起きたのか、おおよそのことは玲一から聞いた。

多岐川のオフィスがあるビルの地下駐車場で襲われたこと。多岐川が玲一を庇《かば》い、襲撃者の銃弾に倒れたこと。

話を聞いても、夢物語としか思えなかった。

「すまない。俺が油断してたばかりに、多岐川に怪我させて」

「どうして玲一さんが謝るんですか？　そんな必要、ありません」

「凜……」

玲一が痛ましいものを見るように目を細める。なにか言いたげな貌だったが、玲一はそれきり口を噤んだ。

医療機器のかすかな作動音がするだけで、病室は沈黙が支配している。

多岐川が運ばれたのは、かなり大きな総合病院だった。かねてから多岐川の主治医だという四十代くらいの医者が手術の成功を告げてからすでに一時間、多岐川の意識はまだ戻らない。

病室の前には舎弟たちが待機している。再度の襲撃を警戒し、フロアに止まるエレベーターと非常階段の扉に目を光らせているらしい。

病院にいてまで周囲を警戒しなければならないなんて、凜には考えもつかなかった。自業自得だ。人を脅し、暴力を振るい、あらゆる犯罪に手を染めてきたのだ。両親のように、多岐川と関わったがために死んだ人間は他にもいるだろう。

そうやって、自分たちだけ甘い汁を啜ってきたのだ。ヤクザなんて、まともじゃない。

この程度の報《むく》いは当然じゃないか。

そう思うのに。

ぎゅっと膝の上に置いた掌を握り締める。病室は空調で快適な温度に保たれていたが、凜には少し肌寒く感じられた。

ふるっと小さく身震いした弾みに、昨夜、自分を包んだぬくもりが体感を伴って蘇る。

あのぬくもりが、いまは恋しかった。

なにかに操られるように、凜はそろそろと手を差し伸べてシーツから覗く多岐川の手に触れた。恐々と、ほんの少し。

あたたかい。

昨夜と同じぬくもりが、そこにあった。わずかに触れた指先から、確かなぬくもりが伝わってくる。

よかった。多岐川は、生きている。

心からの安堵が込み上げてくる。凜は多岐川に触れた指を、もう一方の掌でぎゅっと包み込んだ。多岐川のぬくもりを、刻み込むように。

「なあ」

その様子を無言で眺めていた玲一の声に、凜ははっとした。

だ。

気恥ずかしさと戸惑いが綯い交ぜになり、おずおずと隣を見遣ると、玲一が淡《あわ》く微笑ん

「あの、……」

「多岐川と遊園地、行ったんだって？　どうだった？」

寝ている多岐川を慮《おもんぱか》って、玲一が小声で訊ねてくる。

遊園地に行ったのは、もう一カ月ほど前のことだ。いまにして思えば、あのときからすでに襲撃の危険はあったのだろう。玲一と最初に会った食事のときから、きな臭い話題が出ていたのを覚えている。けれど、多岐川はそんなことは一言も言わなかった。

「……驚きました。ジェットコースターが、だめだったみたいで」

「ダウンして、しばらくベンチから動けなかったんだってな」

勇次から聞いたぜ、と玲一がにやりとする。

「飛行機も苦手だからなあ。一緒に乗ったときなんか、蒼白になって震えてたんだぜ。しかも、隣にいた俺の腕を握って離さないし。でかい図体して、情けないよな。でもまあ、可愛げがあるだろ？」

返答に困って、凜は曖昧に首を傾げた。あんな傲岸不遜《ごうがんふそん》かつ危険な男に対して、可愛げがあると言えるのは玲一くらいだろう。

「大丈夫だ」

ぽんと頭を撫でられる。視線を上げると、真剣なまなざしと目が合った。

「肩を撃ち抜かれたくらいで死ぬような玉じゃない。すぐに目を覚まして、なにごともなかったようにぴんぴんしてるさ。そんなに心配するなよ」

「心配なんて……」

してない、と首を横に振ったけれど、それが強がりなのは玲一にもわかっただろう。

そのとき、多岐川が身じろぐ気配があった。

「……」

小さな吐息をついて、多岐川が瞼をゆっくりと開いた。天井を見上げてから、ベッドの傍らにいる二人に視線を巡らせる。

多岐川と目が合ったのは、ほんの一瞬だった。凜の隣を見遣り、多岐川の唇が、玲一、と呼んだ。

「多岐川？　気づいたか？」

「……無事だったか？」

酸素マスクのせいか、多岐川の声はくぐもって聞こえた。けれど、そのまなざしは確かに玲一を捉えていた。

「ああ。おまえが庇ってくれたおかげでな」

鬱陶しいらしく、多岐川が酸素マスクを外そうとする。玲一が制すると、その手を多岐川が握った。互いの無事を確かめるように、二人の視線が間近で絡まる。

——敵《かな》わない……。

それは、鋭利な痛みを伴った絶望的な感情だった。二人の絆の強さを改めて見せつけられ、敗北感とも羨望ともつかない感情に打ちのめされてしまう。

「おまえを撃ったやつには、鉛玉ぶち込んどいてやったぜ。頭に血が上りすぎて、手加減できなかったがな。まあ、痛めつけて誰の命令か吐かせるまでもないだろ」

ああ、と多岐川が吐息だけで笑う。

人間に銃口を向けて、その命を奪う。それが当たり前の世界に、この二人は生きているのだ。二人の会話に、生きる世界と価値観の違いを思い知らされる。

——こんなに近くにいるのに。

ようやくわかった。馬鹿みたいなことだけれど、やっと。

多岐川が闇とともに現われたあの夜、自分は選んだのだ。多岐川に買われることを、そして多岐川自身を。

自分を辱めるのも、引き裂くのも、多岐川だけだ。多岐川でなければ、耐えられなかった。

たぶん、立て続けに起きた非日常的な出来事のせいで、混乱しているのだろう。そうでなければどうして、自分を買った男を好きになんてなるものか。

――そうだ。多岐川のことが、好きなんだ……。

「俺たちを狙うなんて、トチ狂った真似してくれたもんだぜ。川上のやつにも、受けた恩は返さないとな。北から仕入れた薬、勝手に売りさばきやがって」

「俺も行く」

「だめだ」

起き上がろうとした多岐川をベッドに戻し、玲一がきっぱりと言い放った。

「北との取引はまだ調査中だ。報告は逐一するし、仔猫ちゃんを連れて、見舞いにも来てやるから、しばらくのあいだおとなしく寝てろ」

納得できないらしく、多岐川は険しい表情で眉根を寄せている。左肩に巻かれた包帯の白さが痛々しい。

「のけ者にしようなんて考えてないから、安心しろよ。川上に報復する際には、ベッドで唸ってようが無理やり連れてくぜ」

「それは怖いな」

うっすらと多岐川が笑う。その表情には、さすがにいつもの覇気《はき》がない。

「それより、凜のことは俺に任せてもらっていいんだな?」

「ああ。頼む」

玲一との会話中、多岐川は凜を見ようとしなかった。


多岐川が再び寝入ったのを見計らい、玲一は凜を病室に続く一室に誘った。

最上階にある病室は個室で、ソファセットやライティングビューローが設《しつら》えられた一室が隣接している。猫脚の優雅な家具といい、広さといい、まるで高級ホテルのようだ。

「今回のことでわかったと思うが、いま、ちょっとやっかいなことになってるんだ」

ソファセットで向かい合った玲一が、物憂げに髪を掻き上げる。多岐川の意識が戻ったことで安堵したのか、怜悧な目許にはかすかな疲労が浮かんでいた。

「以前、新宿のビルがどうとか、話してた件ですか?」

ご明察だ、と玲一が目を細める。

「身内同士の抗争だ。まあ、こっちの世界じゃよくある話だがな。あんたを巻き込みたくなかったんだが、こんな事態になった以上、そうも言ってられなくなった。悪いが、しばらく身を隠してくれ」

危険が及ぶ可能性があるということか。凜はとっさに言葉が出てこなかった。

「これから、ある人間と一緒に暮らしてもらう。多岐川と俺の弱みを、敵に摑ませるわけにはいかないんでね」

玲一が言い終わると同時に、ドアをノックする音が響いた。全身に緊張を漲《みなぎ》らせ、玲一が立ち上がる。その手は、素早く懐に入れられていた。

「なんだ」

訊ねる声も、まなざしも、刃物のように鋭い。

「九重さん、客です」

「俺だ、玲一」

聞き覚えのある舎弟の声に、別の男の声が重なる。ほっとしたように肩の力を抜き、玲一は「入れ」と命じた。しかし、懐の手はそのままだ。

「大丈夫なのか、玲一っ!?」

玲一の許可を得て舎弟がドアを開くなり、一人の男がまろぶようにして入ってきた。青ざめて強ばった表情といい、いかにも慌てて駆けつけたといった様子だ。

「遅かったじゃないか」

「張り込み中で、……いや、そんなことより、撃たれたっておまえ、大丈夫なのか？」

一目散に玲一に駆け寄り、その肩を摑んで顔を覗き込む。

「俺じゃない。多岐川だ」

「多岐川が……？」

「ああ。俺を庇ってな」

とたん、男は複雑な顔つきになった。玲一の無事を手放しで喜べないという表情だ。

「とにかく、俺は無事だから安心しろ」

「あ、ああ」

玲一がぽんぽんと男の肩を叩いて、「落ち着けよ」と宥める。二人のやりとりを見守っていると、玲一と目が合った。

「凜」

玲一に倣《なら》って視線を寄越した男が、照れ笑いを浮かべる。ラフなシャツにチノパンという格好だから若く見えるが、玲一とそんなに変わらないのかもしれない。

「高瀬《たかせ》広伸《ひろのぶ》だ。新宿で探偵事務所をやってる。元警官で、俺の男だ」

玲一の恋人――。凜が目を瞠るのと、紹介された広伸がぎょっとするのは同時だった。

「れ、玲一」

「いまさら照れるなよ」

かあっと紅くなった恋人を玲一が揶揄う。広伸は多岐川に勝るとも劣らぬ大柄な体軀の持ち主だが、やや下がり気味の眦と豊かな表情が人懐こい雰囲気を醸《かも》し出している。見るからに、爽やかで人のいい好青年といった印象だ。

「で、こっちが多岐川の大事な仔猫ちゃんだ」

「初めまして。高瀬です」

広伸は戸惑っている凜ににっこりと微笑みかけた。男らしく精悍な容貌だが、笑顔は陽だまりのようにあたたかい。

「白石凜です」

それ以上なにを言っていいのかわからず、凜は名前を告げるだけに留めた。玲一の言葉で、多岐川との関係は察しがつくだろう。

「おまえに仕事を依頼したい。凜のガードをしてくれ。期限は最低一週間、場合によってはもっと長引くこともある」

「ちょ、ちょっと待ってくれ」

「仕事中は、こっちで用意するマンションに移ってもらう。生活に必要なものはすべて揃えさせる。それとは別に、生活費としてとりあえず百万渡しておく。足りなければいくらでも出す。報酬はおまえの言い値でいい」

驚きに目を剝く広仲の抗議を立て板に水の勢いで無視し、玲一が続ける。身を隠してもらう、と玲一が言った意味が凜にもしだいに理解できた。マンションに、広仲とともにこもれというのだろう。

「条件はただ一つだ。いいか、凜には傷一つつけるなよ。可愛いからって手なんか出したら、多岐川に殺されるぜ」

「そんなに大事なら、俺じゃなくてもっと他に預けたほうがいいんじゃないのか」

どうあっても依頼を断れないと悟ったのか、広仲が憮然《ぶぜん》とする。

「組とは無関係のおまえが、もっとも適任なんだよ。おまえだって猫やらイグアナやらを捜すよりは、可愛い仔猫ちゃんをガードしてるほうがいいだろ？」

「あの…っ、九重さん」

自分の意思を無視して話が決まってしまう。そんな危惧《きぐ》に、凜は声を張り上げて二人の会話を遮った。

「そんな大げさなことはしなくても、俺一人で大丈夫です」

「だめだ。あんたは一人にできない。大学も休んでもらう。——悪いな」

　玲一は厳然《げんぜん》としたしぐさで首を横に振った。凜が逃げ出すことを、警戒しているのだろう。

　どうあっても、自分の意見が聞き入れられる余地はないらしい。やるせなさと無力感に視線を伏せると、玲一にそっと頬を撫でられた。

「すぐにかたをつけてやる。この一件が終わったら、今度は多岐川とけりをつければいい」

　多岐川と？　もしかしたら、玲一に気づかれたのだろうか。多岐川を、好きだということに。

　目を瞠ると、玲一が笑みを湛え、慈《いつく》しむようなまなざしを向けてくる。

「それ以外のことは安心していいぜ。こいつは、妙な真似をするようなやつじゃない」

　当然だというように、広伸が傍らで頷く。そんな恋人を、玲一は色香を孕んだ切れ長のまなざしで見やった。

「浮気するなよ。裏切ったら、殺すぜ」

「玲一…っ」

　広伸の襟許を摑み、ぐいと引き寄せる。前のめりになった広伸の唇に、玲一のそれが重ねられた。

「……っ」

二人のキスシーンを目の当たりにし、凜は赤面した。

「ひ、人前でなんてことするんだ。凜くんが驚いてるじゃないかっ」

やはり広伸はまっとうな感覚の持ち主らしく、耳まで赤くなっている。

「この一件が片付いたら、ちゃんと可愛がってやる」

「……そうじゃなくてさ……」

広伸が力なく玲一に抗議する。それでも玲一には敵わないとわかっているらしく、最後には「愉しみにしてるよ」とつけ足した。

二人のやりとりに、自然と笑みが零れる。けれど、次の瞬間にはなんとも言えない切なさと淋《さび》しさが胸に広がった。

自分は多岐川が好きで、多岐川は玲一が好きで。けれど、玲一には相思相愛の恋人がいる。自分も、多岐川も報われない。

最初会ったときから、玲一は凜に好意的だった。生き延びろと励《はげ》ましてくれたのは、玲一だけだ。

感謝しているし、親近感も持っている。

それでも、いまは玲一が羨《うらや》ましく、そしてほんの少しだけ疎《うと》ましかった。

「柔軟剤って好きじゃないんだよね、俺」

洗濯物を取り込んでいると、広伸がふいに呟いた。梅雨《つゆ》の晴れ間、雲一つない晴天のおかげで、ベランダに干した洗濯物は見事に乾いている。

「どうしてですか？」

「柔軟剤を使うと柔らかくなるけど、バリバリになってたほうが、ちゃんと乾いたって感じがしない？　それに、お日さまの匂いがするし」

柔軟剤は人工的な匂いがしてちょっとね、と広伸が肩を竦める。

そんなこと、考えたこともなかった。これまで家事はすべて母親任せで、洗濯物を取り込むどころか洗濯機を回したことさえなかったのだから無理もない。多岐川に引き取られてからも同様だ。

取り込んだばかりのタオルに顔を寄せると、洗剤とは異なる、素朴《そぼく》な香りが鼻腔《びこう》を掠めた。太陽をそのまま吸い込んだような、日なたの匂いだ。

「本当だ……」

「懐かしいような、なんだか不思議な匂いだろう？」

凜が同意したことが嬉しいのか、広仲がにっこりと笑う。

広仲との暮らしは、今日で三日目に入っていた。

広いとはいえ、マンションの一室に閉じ込められ、赤の他人と二人きりで生活する。そんな状況に緊張していたのは、最初の一日だけだ。いまでは、すっかり馴染んでいる。

広仲との共同生活は快適で、楽しかった。一人暮らしが長いだけあって、広仲は掃除に洗濯、炊事と器用に家事をこなす。料理のレパートリーも豊富だ。そんな広仲の邪魔にならないよう、凜はできる範囲で手伝いをしている。

「でも、最初は乾きすぎて感触が悪いなあって思ってたんだよ。独立して事務所を開いた当初は、仕事がぜんぜんなくてね。食うのがやっとで、柔軟剤さえ買えなかったんだ」

そんな苦労をしたとは思えないほど、広仲の表情には屈託がない。笑うと目尻が下がり、人懐こい大型犬を思わせる。

広仲は不思議な男だった。

多岐川とは身長も体つきもさほど変わらないのに、人に与える印象は正反対だ。太陽のようにあたたかくて、人をほっとさせる雰囲気がある。明るくて人好きがして、おおらかだけれどよく気が利く。探偵になる以前は警官だったというのも納得だ。

「探偵って、どうやったらなれるんですか？」

「俺の場合はね、警察時代の先輩が……」

部屋の中に取り込んだ洗濯物を片づけながら、広伸がいきさつを話しはじめる。

広伸は話をしていて楽しい相手だった。凜が多岐川に引き取られたいきさつは知っているだろうに、両親の事件を含め、それにまつわる出来事にはいっさい触れない。かわりに、いろんなことを話してくれた。自分の仕事のことや、子供時代の思い出、そして玲一とのこと。

玲一とは中学時代の同級生で、ささいな行き違いで音信不通になっていたのが、数年前に再会したのだという。

『いきなりヤクザになんかなってるんだもんな。驚いたなんてもんじゃないよ』

広伸にとっても、玲一がヤクザになっていたのは寝耳に水の出来事だったらしい。中学時代の玲一は常に学年トップの成績を誇り、生徒会役員を歴任していたというから、さぞショックだったろう。しかも、再会した当時はもう辞めていたとはいえ、広伸自身は警官だったのだ。

『これまで、何度ヤクザをやめてくれって頼んだことか。でも玲一に、ヤクザをやめろってことは俺自身を否定することだなんて言われれば、こっちが折れるしかなくてさ』

惚れた弱みだよ、と広伸は照れくさそうに笑った。

——本当に、九重さんのことが好きなんだ……。

見ている凜のほうまで、ほんのりと胸があたたかくなるような表情だった。微笑ましいと思う一方で、つい我が身と引き比べてしまう。

多岐川への気持ちを自覚したところで、どうしようもない。あれから多岐川とは会っていなかった。まだ入院中だが、あのあと多岐川の舎弟が襲われたとかで、玲一は凜を連れ出すのは危険だと判断したらしい。

いつ決着がつくのだろう。玲一によると内部抗争のようだが、他の組織と癒着《ゆちゃく》しているらしいから、さらに大規模な争いに発展する可能性もあるのではないか。

マンションにこもっているおかげで危険な目には遭っていないが、二人をガードしている舎弟たちの表情は日増しに険しくなっていた。

変わらないのは、玲一だけだ。多岐川が凶弾に倒れたあの日はさすがに動揺していたけれど、すぐに飄々《ひょうひょう》としたいつもの態度を取り戻し、最近ではむしろ日増しに生き生きとしている。

人並み外れて優秀な頭脳と抜きん出た美貌。誰もが羨むような、輝かしい人生を歩いていけるはずなのに、どうしてヤクザなどという後ろ暗い稼業を選んだのだろう。玲一本人から理由を聞いても、納得できたとは言いがたかった。

けれど、玲一を見ていて一つわかったことがある。どんな状況であれ、玲一は自分を見失わない。それは、自分自身を信じているからだ。だからこそ、多岐川とともに歩む決心をしたのだろう。

なにが起きても決して損なわれることのない、しなやかな強さ。そんな玲一が、凜にはひたすら眩しく、羨ましかった。広伸がいながら、多岐川の心をなお占めている玲一が。

多岐川の病室で、二人の結びつきの強さを見せつけられてからずっと、石でも飲み込んだように凜の胸は重苦しい感情で塞がれている。

わかっている。これは、嫉妬《しっと》だ。

麻酔から覚めた多岐川が、真っ先に視線で探したのは玲一だった。多岐川が我が身を呈《てい》して守ったのは、玲一だからだ。——彼を、愛しているから。

玲一に対する多岐川の真摯《しんし》な気持ちを思い知らされ、凜は完璧に打ちのめされていた。好きだと自覚するなり、失恋してしまったのだ。

惨めだった。惨めすぎて、涙も出てこない。

——これから、どうなるんだろう……。

つい数日前は卒業後の進路を悩んでいたけれど、いまは明日のこともわからない。抗争が終わったら、多岐川の許に帰ることになるのだろうか。今後のことを考えると、どうしようもなく不安で憂鬱になる。

「どうかした？」

「……い、いいえ」

　無意識のうちにため息をついていたことに気づき、凜は笑顔を取り繕《つくろ》った。見れば、広伸が大きな手で丁寧にTシャツの皺を伸ばし、綺麗に折り畳んでいる。大きな図体に似合わぬ、ちまちまとした動作がおかしい。

「高瀬さんて、几帳面ですね」

「そんなことないよ。家では、乾燥機から出した服をそのまま着たりしてるし」

　急いでるときなんか、裏返しになってる服を着て仕事に行ったこともあるんだよ、と凜を笑わせる。

「それより、そろそろ退屈してきたんじゃない？　ずっと閉じこもりきりだから参るよね。どこか気晴らしに外出できないか、玲一に聞いてみようか」

「僕は大丈夫です、退屈じゃないです」

　広伸の気遣いは嬉しかったけれど、申し訳なくもあった。仕事とはいえ、広伸のほうこそ毎日うんざりしているはずだ。

「でも、多岐川のことも心配だろ？　見舞いに行きたいだろうし」

「いいんです。あんな男のことなんか」

自分でも驚くほど強い語調だった。広伸が目を瞠るのを見て、凜ははっと我に返った。

「……ごめんなさい」

「いや、いいんだよ。俺が勝手なこと言っちゃったから」

気にしていないからと笑う広伸に、ますます自分が嫌になる。玲一に嫉妬したり、広伸に気を遣わせたり。ぎこちなく視線を伏せて、膝の上で畳んでいたタオルをぎゅっと握り締めた。

「……高瀬さんもご存知なんでしょう？　俺が、多岐川の許に引き取られたいきさつ」

「それは、まあ、なんとなく……。君みたいなまともな子が、自分から進んであいつとつきあうはずないしね」

「男のくせに、ヤクザに囲われてるなんて、もうまともじゃないですけど」

「凜くん」

広伸が貌を曇らせ、窘《たしな》めるように名前を呼ぶ。事実なのだから気にしていないと微笑み、凜は話を続けた。

「父は投資会社をやっていたんですけど、経営がうまくいかなくなったみたいで。多岐川から預かっていた資金を増やすどころか、借金までしてたんです。……挙句、返すことができずに、母と死にました」

　他人にあえて話すことじゃない。わかっていたが、いまは広伸に話を聞いてほしかった。三日間をともにして、広伸が信頼に足りる人物だということはよくわかっている。

「だから、両親が死んだのは多岐川のせいだと思っていました。あいつに殺されたようなものだって、恨んで、憎んで……。いつか、絶対に復讐してやろうって思ってました」

　両親の遺影の前で犯され、無理やり家に連れられて。逃げ出そうとして失敗し、苛酷な罰を受けたことは忘れられない。多岐川の無慈悲な仕打ちには何度も傷つけられた。

けれど、──それでも多岐川はやさしかった。悪夢にうなされた夜も、体調を崩した日も。苦手なくせに、ジェットコースターに乗ってくれたときも。

　傲慢で強引で、凛の意見なんてまったく聞いてくれなかったから、気づかなかった。多岐川の、不器用なやさしさに。

「あんなやつ、命を狙われて当然です。あいつが死んだって、俺は……」

　息を吸い込んだ弾みにひくりと喉が引き攣り、声が途切れた。

「凛くん」

　広伸が痛ましそうな貌をして、そっと肩を抱いてくる。やさしく背中を撫でられてようやく、凛は自分が泣いていることに気づいた。

ぽたりと音を立てて涙が落ちる。また一つ。膝の上で畳んでいたタオルに瞬く間に吸い込まれていく。

「他人の俺がなにを言っても慰めにはならないと思うけど、……たいへんな思いをしてきたんだね」

「ごめんな…さ……こんな、つもり、じゃ…っ」

なかったのに、と言うはずが、震える喉が勝手にしゃくり上げるような声を出してしまう。

みっともない。こんなことくらいで感情を昂らせて、人前で泣くなんて。

きっと、広伸の包み込むような雰囲気のせいだ。だから、これまで他人にしたことのない話をしてしまったばかりか、泣いてしまったのだ。

「玲一には言わないから、気が済むまで泣いていいよ」

背中を撫でる広伸の掌も声も、染み入るようにやさしい。よけいに涙が止まらなくなりそうで、困ってしまう。

なにかを洗い流すように、次々に涙が溢れてくる。広伸の好意に甘えてぐすぐすと洟《はな》を啜りながら、こんなに泣くのはずいぶん久しぶりだと思った。

泣く暇さえ、なかった。両親が亡くなって以来、立て続けに起きた出来事に翻弄されるばかりで。

「だ…大丈夫です。おかしいですよね、こんなことで泣くなんて」

「おかしくないよ、ぜんぜん」

差し出されたティッシュで涙を拭きながら、凛はいまさらながら恥ずかしくなった。これではまるで子供のようだ。

「あのさ、……凛くんは、もしかして多岐川のことが……」

広伸が言い差した、まさにそのときだった。

「泣かせたな」

「玲一…っ」

いきなり玲一の声がして、背中を撫でていた広伸の手がぎくりと固まった。

いつの間にやってきたのだろう。泣いたせいで腫れぼったく感じられる顔を上げると、リビングの入り口に多岐川と玲一が佇んでいた。

もう退院したのだろうか。一分の隙なくスーツをまとい、髪を整えた多岐川は、とてもあんな重傷を負ったようには見えなかった。

だが、まだ本調子ではないのだろう。よく見れば、顔色があまりよくなかった。玲一の肩にもたれるようにして立っているのは、一人で歩くのがつらいからだろうか。無理もない。まだ三日しか経っていないのだ。

「どうするよ、多岐川。とんだ場面に遭遇しちまったな」

「そうだな、どうするかなあ」

多岐川がにやにやと笑いながら、顎を撫でる。意地悪くひそめられた瞳と目が合い、凜は動揺した。泣いたことがはっきりとわかる貌をしていたし、なにより多岐川に誤解されたら、広伸にまで迷惑がかかってしまう。

「違います…っ、俺が勝手に泣いただけで……」

「そうそう、誤解だって。俺が凜くんを泣かせるわけ、ないだろ」

「冗談だ」

まるで浮気の現場を目撃されたがごとく、一生懸命に言い募る広伸をそっけなくあしらい、玲一は凜を見やった。

「どうだ、凜。不自由はないか」

「はい。高瀬さんがとてもよくしてくださるので」

玲一の肩から身を起こし、多岐川がゆっくりとした足取りでソファに向かう。いつもより動きが緩慢だ。やはりまだ傷が痛むのだろう。

「もう退院したんですか?」

「勝手に出てきた。病人でもないのに、寝てられるか」

ソファに腰を下ろし、多岐川はふんぞり返った。

案の定だ。おとなしく寝ていられるような性格ではないと思っていたが、負傷して三日ではまだ安静にしていたほうがいいのではないか。

つい心配になって、凜は玲一にすがるような視線を送った。自分の言うことは聞かなくても、玲一の言うことなら聞くはずだ。

「病院は人の出入りが多いからな。かえって危ない」

「危ないって、だったらどうするんだよ」

「どうもしない。決着をつけるだけだ」

心配して食い下がる広伸に、玲一が薄く唇を綻ばせる。冷酷でうつくしくて、挑発的な微笑だった。

決着をつけるということは、報復のときが来たということだろう。だから多岐川は、病院を抜け出してきたのだ。

「そんなわけで、これからしばらく会えなくなる」

「玲一……」

どこかへ数日間出張にでも行くような口ぶりだったが、もちろんそんな呑気《のんき》な事態ではない。

「せっかくなんだから、二人きりにしてやれよ。おまえはこっちに来い」

愕然とする広伸を、玲一が引っ張っていく。心配そうに振り返りながらも、広伸は玲一に連れられていってしまった。

リビングには、多岐川と凜の二人だけになる。空気がいっきに重く感じられた。どうしよう。いざとなると、なにを言えばいいのかわからなくなる。

「こっちに来いよ」

「嫌です」

やっと会えたのに、つい憎まれ口を利いてしまう。反抗的な凜の態度に、多岐川は吐息だけで笑った。

「俺は怪我人なんだぜ。少しはやさしくしようって気はないのか」

「自業自得です」

冷淡な口調で突っ撥ねながらも、多岐川の常にない気弱な笑みに胸を摑まれてしまう。ほら、と多岐川が再度手招きする。凜はため息をついてさも仕方なさそうなふりを装い、多岐川のそばに歩み寄った。

「あっ」

手首を摑んで引き寄せられ、多岐川の腿の上に倒れ込む格好になる。起き上がろうとしたが、腿の上に横抱きにされてしまった。

どこが怪我人なんだ。文句を言ってやろうとしたが、間近から深い色合いの瞳にまともに見つめられると、なにも言えなくなる。

「あいつとは、なかなかうまくやってたようじゃないか」

「おかげさまで、快適に暮らしています」

「俺がいなくなって、せいせいしたって口ぶりだな」

「ええ。わかりましたか？」

嘘だ。本当は気になって、眠れなかった。玲一を通して多岐川の様子は聞いていたけれど、心配でたまらなくて。

「可愛くないな。なにを言ってもお仕置きされないと思ってるのか？」

多岐川の双眸が危険に底光りし、凛はぎくりとした。多岐川から離れようとした弾みに上体がぐらりと傾《かし》ぎ、とっさに男の腕を摑んでしまう。

「ッ」

多岐川が低く呻いて、顔をしかめる。凛が摑んだのは多岐川の左腕だった。左肩の傷口に響いたのだろう。

「ご、ごめんなさい…っ」

弾かれたように多岐川から手を離し、凛は青ざめた。慌てて多岐川の上からどこうとしたが、右手で腰を捉えて阻まれる。

「相変わらずじゃじゃ馬だな」

寄せていた眉を開き、多岐川がにやりとする。不遜なまなざしは、いつもの力強さを取り戻していた。

「俺がいないあいだ、ここにはなにも銜え込まずにいられたのか」

「ゃ…っ」

小さな丸みを鷲掴みにされ、割り広げられる。狭間に忍んできた指に窄まりをなぞられ、ざわりと全身が粟立った。

多岐川に何度も貫かれて、体中が蕩け落ちるような愉悦を与えられた場所だ。布越しに撫でられただけで、そこが呼吸するようにひくつきはじめる。

「あいつを誘惑したんじゃないだろうな」

「……しな…い…っ！」

だいたい、広伸が凛を相手にするはずがない。広伸が玲一に夢中なのは、多岐川もわかっているだろうに。

「泣いてたくせに」

「あれは、両親のことを話していて、……っ」

「ふん。どうだかな」

そんなもの信じられるかと言わんばかりに、多岐川は鼻を鳴らした。

「いい子にしてろよ。けりがついたら、好きなだけここに嵌めてやる」

「嫌、だ……いらな…い、っ」

囁かれるだけで、はしたない期待に全身が震えた。円を描くように撫でられると、うずうずと腰が揺れそうになってしまう。

傷に障るかもしれないと思うと、ろくに抵抗できなかった。さきほどから多岐川は、左手を使おうとしない。

「素直じゃねぇな」

「す、素直じゃないのは、そっちでしょう……！　まだ痛むくせに、無理やり退院なんかして」

図星だったのだろう、多岐川が苦い貌になる。

「……ぁ、っ」

舌打ちとともに、首筋に大きな掌が回ってきて引き寄せられた。少しかさついた、熱い唇。記憶の中にあるのと同じそれが重なってくる。

濡れた舌に搦め捕られて、ずきんと甘い痛みが体の中心を貫く。敏感な部分をくすぐられたかと思うと、舌を絡めたまま外に連れ出される。

淫蕩で容赦のないキスに、肌がひりひりとざわめき、体中のあちこちが勝手に尖ってしまう。唇はもちろん、押さえつけられている首筋や硬い腿に乗っている脚など、多岐川に触れている部分から全身が溶けてしまいそうだった。まるで、多岐川の体温だけで溶ける砂糖菓子かなにかのように。

我ながら、甘ったるい想像に恥じ入ってしまう。くちづけを終えた多岐川がこめかみに唇を押し当ててきて、さらに頬が熱くなった。

——なんだか、恋人みたいだ……。

玲一の身代わりなのだとわかっていても、甘いときめきに鼓動が速くなる。何度キスしても、何度体を重ねても、玲一にはなれないのに。

「もっとちゃんと可愛がってやりたいが、……残念だな。時間がない」

押し殺した声で言いながら、再度くちづけられる。どこかへ出かける途中、立ち寄っただけらしい。

——しばらく、会えない……。

瞬く間に巧みなくちづけがもたらす酩酊《めいてい》に溺れていきながら、凜の胸を満たしているのは、欲情とはべつの、恋ゆえの切なさだった。その区別がつかないほど、多岐川への恋情に溺れていたのだ。自分でも気づかぬうちに、いつからか。

——好き……。

自覚してしまえばもう、胸に渦巻く想いは熱くなるばかりだ。言葉になって口を衝いて出てしまうのが怖くて、男の首にしがみついてくちづけをねだる。

「多岐川、時間だ。そろそろ行くぜ」

玄関先から玲一の声がする。玲一も、広伸と別れを惜しんだのだろうか。

「——わかった」

多岐川が名残《なごり》惜しそうに唇を離し、玲一に返した。

行ってしまう。まだ傷も癒えていないのに。多岐川を引き止めたくて、けれど、いざとなると言葉が出てこない。

唇を震わせながら、すがるようなまなざしを向けると、多岐川に頤を掬い上げられた。真摯な瞳にまともに見据えられる。

「俺たちに万一のことがあったときは、高瀬を頼れ。あとのことは、玲一があいつに話してるだろう」

「万一のことって……」

「たんなる可能性としての話だ。もちろん、俺たちは勝算がなければ勝負しない。そう簡単に死んでたまるか。おまえには残念だろうがな」

恨まれていることくらい知っている、と多岐川はなんでもないことのように笑って、凜を自分の上から下ろした。

――死ぬ、かもしれない。

玲一が、――多岐川が。

その可能性があると思っただけで、全身が凍りついたようになった。

「じゃあな。いい子にしてろよ」

凝然と立ち尽くす凜の頬を撫でると、多岐川は踵《きびす》を返した。

引き止めなければ。なのに、足に根が生えたようにその場所から動けなかった。

広い背中は二度と振り返らず、ドアの向こうに消えた。

――失うかもしれない。

抱きしめてくれた腕も、やさしいぬくもりも、すべて。

恐ろしい予感に、凜はただなすすべもなく立ち尽くしていた。

五

――もう五日か……。

壁のカレンダーをぼんやりと眺め、凜はため息をついた。

多岐川たちがマンションにやってきてから、この五日、まったく連絡がない。舎弟たちに訊ねても、二人の所在は教えられないの一点張りだ。

いまごろ、多岐川はどうしているだろう。傷が痛んだりしていないだろうか。

それよりも、まさかまた襲撃されていないだろうか。怪我ならまだしも、最悪、命を落とすような事態になったら――。

考えれば考えるほど、悪い想像は尽きない。おかげで夜は眠れないし、食欲もなかった。

死ねばいい、なんて一度でも思った罰だ。

多岐川が死んでも、両親は帰ってこない。両親に続いて、失いたくない人をなくすだけだ。

そんなことさえ、わからなかった。多岐川が倒れてようやく、好きだと自覚したのだから。

「トマトソース、嫌いだった？　ホワイトソースとかのほうがよかったかな」

「い、いいいえ。違うんです」

広伸の声に、フォークを握ったままぼんやりしていた凜ははっとした。その皿には、トマトソースのパスタが半分ほど残っている。

広伸が今日の昼食に作ってくれたのは、トマトをベースにした夏野菜たっぷりのパスタだった。

「おいしいんですけれど、もうおなかいっぱいで……ごめんなさい、残してしまって」

今朝も、昨夜も、食欲がなくて食事を残してしまった。広伸の作ってくれる料理がおいしいだけに、申し訳なさが募る。

「いいよ。残してもいいから、食べれるだけ食べて」

テーブルを挟んで向かい合っていた広伸が微笑んでかぶりを振るが、その表情にはいつもの明るさがない。

「もう五日か……五日間音沙汰なしじゃ、心配にもなるよね」

凜が見ていたカレンダーを見やり、広伸が眉を曇らせる。玲一の身が心配なのだろう。

恋人ならば、当然だ。

あの日広伸は玲一を引き止めたが叶わず、それなら自分も連れていけと言って却下されたそうだ。

「どのくらい、かかるものなんでしょうか」

「玲一の話じゃ、短期間に決着をつけるってことだったけれど……。もしかして状況が変わったかな」

広伸の表情に、この男らしくない翳《かげ》りが過る。

連絡がないうえ、多岐川たちの状況がわからないことが、二人の不安に拍車をかけていた。

この瞬間にも、殺し合いをしているかもしれないのだ。そう思うと、いても立ってもいられなくなる。

無事でいてほしい。なにがあっても、生きていてほしかった。

多岐川への想いが報われなくてもいい。もう二度と会えなくてもいいから、生きていてくれればいい。ただそれだけで——。

それが、凜の心からの願いだった。

「大丈夫だよ。なにか事態が変われば、連絡が来ることになってる。それがないってことは、玲一も多岐川も元気にやってるんだよ、きっと」

沈んだ空気を打ち払うように、広伸が明るい調子で凜を励ました。自分が落ち込んでいては、凜がますます不安になると思ったのだろう。

「多岐川なんてヤクザ業界じゃ、いちばんのやり手で有名らしいよ。あの業界で、やり手っていうのかどうかよくわからないけど。それに、あの玲一がついてるんだし。今日は無理でも、明日になれば二人とも無事に帰ってくるよ」

「そう、ですね」

広伸が言うと、本当にそうなりそうな気がしてくる。雨雲のように重苦しく胸に立ち込めていた不安が薄れていく。

「俺たちは、二人が無事に帰ってくることを信じて待つしかない。身勝手で、わがままで、モラルに反したどうしようもないやつらだけど、……信じて待ってやろう？　それができるのは、俺たちしかいないよ」

「――はい」

もう強がることもできなかった。直接問われたわけではないが、きっと広伸には多岐川が好きだとばれているだろう。

マンションにやってきた多岐川たちが帰ったあと、虚脱して動けなくなった姿を見られたのだから。

食事を終えて、広伸と並んでキッチンに立ち、後片づけを手伝う。

「高瀬さんて、強いんですね」

「そんなことないよ。小心者だから、つい悪いことばっかり考えてしまうんだ」

皿を拭きながら、つい感心して呟くと、スポンジを握っていた広伸が照れ笑いを浮かべた。

「だから、あえて悪いことは考えないようにしてるんだ。だって、マイナスのことを考えてるとそれが現実になりそうじゃない？」

「悪い予感て、当たりますものね」

「そうそう。悪い占《うらな》いだけ当たるようなものだよ」

二人がようやくいつもの調子を取り戻しかけたとき、広伸のシャツの胸ポケットで携帯が鳴り出した。

二人のあいだに一瞬、緊張が走る。

「玲一からだ」

緊張した面持ちで凜に告げ、広伸は通話ボタンを押した。玲一からの五日ぶりの連絡だ。

「玲一？　大丈夫なのか？　いまどこにいるんだ？」

息せき切って訊ねる広伸に、玲一が笑った気配がかすかに伝わってくる。

「え…？　うん、うん……そっか」

　玲一が状況を説明しているらしい。広伸の声が、相槌《あいづち》を打つごとにだんだんと弾んでくる。

「凜くんを連れてっていいんだな?」

　多岐川に会えるのだろうか。とくん、と鼓動が期待に波打った。

　玲一と話す広伸の声に耳をそばだてながら、凜は緊張で強ばっていた体に明るい期待が広がっていくのを感じていた。

　もう会えないかもしれないと思っていた。会えなくてもいいから、無事でいてほしいとそれだけを願っていた。

　多岐川に会いたい。会って、好きだと——。

　そこでふいに、冷静な考えが過った。

　好きだなんて、言っていいのだろうか。そんなことを言えば、多岐川は呆れ、鬱陶しく思うのではないか。

『ガキは趣味じゃなかったんだが、おまえなら愉しめそうだ』

　葬儀の夜の多岐川の言葉が頭から離れなかった。守備範囲外の凜を引き取ったのは、玲一の身代わりだからだ。

　そんな多岐川に、玲一の身代わりではなく自分自身を、自分だけを見てほしいと言ってしまったら——。

ついさっきまでは、無事でいてくれるならもう会えなくてもいいと思っていたのに、自分の貪欲さが怖くなる。

どうしよう。混乱しているうちに、広伸は玲一との通話を終えた。傍らにいた凜に、満面で笑いかけてくる。

「凜くん、うちに帰れるよ」


平日の遊園地は、先日と同じように気の抜けた空気が漂っていた。メリーゴーランドではシマウマとライオンが延々追っかけっこを続け、ジェットコースターが轟音とともに駆け抜ける。

ベンチに座ってアトラクションを楽しむ人たちを眺めていると、鳩が餌を探して近づいてきた。人間を恐れる様子もなく、凜の足許をちょこちょこと歩いては、なにかを啄ばんでいる。

多岐川に連れられてきたときと同じ平和な光景が、昼下がりの遊園地で繰り広げられていた。あのときと違うのは、凛が一人だということだ。

――高瀬さんに、悪いことをしたな……。

さきほどの玲一からの電話は、抗争の終結を告げるものだった。

さっそく多岐川のマンションに帰ることになったのだが、その途中、広伸の隙を見て逃げ出した。玲一から預かったものがあるとかで、広伸が自分の事務所に立ち寄った際のことだ。

ガードについていた舎弟連中が気づいて追ってきたが、今回に限ってはうまく逃げ切れた。凛がずっとおとなしくしていたから、まさかという油断があったようだ。

広伸も、車の中で待っているはずの凛の姿が消えて、どんなにか驚いただろう。

よくしてくれた広伸にだけは、迷惑をかけたくなかった。だけど、この機会を逃せばもう二度と逃げられなくなる。あとがないという思いが、凛に逃亡を決心させた。

誰も知らない土地に行こう。多岐川のいない、どこか遠くへ。

そうしてもう二度と会わなければ、きっといつか忘れられるだろう。

本当は、多岐川に会いたかった。一目でいいから、無事な姿をこの目で見たかった。

けれど、いま会ったらもう離れられなくなる。玲一の身代わりでもいいから、多岐川が飽きるまでそばに置いてほしいと願うだろう。

それでは、だめだ。きっといつか、玲一の身代わりであることに耐えられなくなる。多岐川が好きだと、玲一の身代わりではなく、自分自身を受け入れてほしいと言ってしまうだろう。

それなら、もう会わないほうがいい。どうせいつか飽きて捨てられるのなら、いま逃げ出したって同じことだ。

しょせん、この想いは成就しない。多岐川だって、愛玩動物程度に見なしている相手から好かれても迷惑なだけだろう。呆れられるか、鼻であしらわれるか、どちらかだ。

もしかしたら、鬱陶しく思って他の誰かに売り飛ばすかもしれない。

多岐川以外の誰かと、と考えただけで身震いがした。そんなことになったら、死んだほうがましだ。

初めて体を拓《ひら》かれたときも、いかがわしい玩具を使って嬲られたときも、多岐川だったから耐えられた。他の相手なら、激しく嫌悪しただろう。境遇に絶望して、自殺を考えたかもしれない。

そうしなかったのは、多岐川に惹かれはじめていたからだ。いちばん最初、父のオフィスで擦れ違ったときから、多岐川が忘れられなかった。

——あのときの彼は、やさしい目をしていたから。

けれど、もう会えない。会わないのだ。

そばにいて玲一の身代わりを務め続けることも、多岐川が危険に晒され続けることも、耐えられないから。

せめて最後に多岐川との思い出に浸りたくて、この遊園地にやってきた。ここには、両親との思い出もある。

ずっと眺めているけれど、ティーカップから降りてきた客はみんな楽しそうだった。ジェットコースターに乗った客も、誰も多岐川のように蒼白になっている者はいない。

あんなに苦手なのに、多岐川はつきあってくれたのだ。こんな子供だましのアトラクションに。

無慈悲で傲慢かと思えば、不器用なほどにやさしい。

いまさらだった。それもすべて、玲一の身代わりだからこそだ。やるせない思いに胸を締めつけられて、凜はようやくベンチを立った。

これから駅に行って、できるだけ遠くまで行ける切符を買おう。財布を持ってきたけれど、カードと通帳が使えるのかわからなかった。多岐川が手を回して、使用を止めているかもしれない。

大学もずっと休んでいる。心配して、友人たちが何度も携帯に連絡をくれた。父の友人の仕事の都合で、しばらく東京を離れることになったと嘘をついていたのだが、それが本当になるなんて思いもしなかった。

友人たちに一言言っておこうと、胸ポケットから携帯を取り出したときだった。

「凛！」

園内のざわめきにも紛れず、男の声がはっきりと凛の耳に届いた。独特の艶を帯びた美声は、多岐川のものだ。

驚いて顔を上げると、遠くに多岐川の姿が見えた。これまで見たどの貌より険しい貌で、一目散にこちらに向かって走ってくる。先日会ったときとは違い、多岐川はすでにいつもの精悍な身のこなしを取り戻していた。

――嘘だ。どうして……。

どうして、ここにいるとわかったのだろう。呆然としているあいだにも、多岐川が瞬く間に距離を縮めてくる。

「待て、動くな」

「……っ」

その声に、凛は弾かれたように踵を返していた。だめだ。ここで摑まったら、二度と逃げられなくなる。多岐川が飽きるまで、玲一の身代わりを務めなければならないのだ。

そんなのは、つらすぎる。絶対に嫌だ。

お化け屋敷の横を全速力で走り抜け、右に回る。ゲーム機の並んだアーケードに出たが、一組のカップルがいるだけだった。ここを抜ければ出口だ。しかし、そのときにはすでにすぐ後ろまで多岐川の気配が迫っていた。

「凜」

「……ぁ、っ」

いきなり腕を摑まれて、つんのめりかける。摑んだ腕ごとバランスを崩しかけた体を引き寄せられ、厚みのある胸板に抱きとめられた。

「…っ」

呼吸が苦しくて、声が出ない。抗う間もなく、背中が撓るほど強く抱きしめられた。

「誰が逃すか。どこに逃げ出そうと、必ず探し出して捕まえてやるって言っただろうが」

熱く乱れた吐息と、抱きしめてくる腕の強さに目眩がする。

息苦しさに胸を喘がせていると、大きな掌で顎を摑まれた。至近距離にある男の瞳が、獲物に照準を定める猛禽類のようにゆっくりと細められる。びくっと怯むと、後頭部をもう片方の手で押さえられて唇を塞がれた。

遊園地の片隅で、キスされるなんて。

視界の端で、ＵＦＯキャッチャーに興じていたカップルが凍りつくのが見えた。

恥ずかしくて、なんとか男の体を押しのけようとするが、逆に後頭部を押さえて引き寄せられた。

熱い舌先が唇の輪郭を辿る。苦しくて喘いだ隙に、すかさず中に入り込んできた。

「ん、……っ」

口腔内を荒々しく貪られて、膝が砕けそうになる。思わず多岐川の体にしがみつくと、さらにくちづけは深くなった。

ただでさえ息が切れて苦しかったのに、喉の奥まで蹂躙するようなキスに、頭の中がぼんやりと霞みはじめる。ようやく名残惜しげに男の唇が離れたときには、凜は自分の足で立てなくなっていた。

「まだ完治してないんだから、無理させるなよ」

凜を咎める口調には、心なしか気弱げな響きがある。とっさに逃げてしまったけれど、あんなに走って傷は大丈夫だったのだろうか。それより、どうしてここにいることがわかったのだろう。

「……どうして……」

なにから問えばいいのか、キスの余韻と多岐川が現れた驚きに混乱する頭ではまともに考えられず、凜は恐る恐る自分を抱き込んだ男の顔を見上げた。

男らしく整った容貌には想像していたような怒りはなく、多岐川はどきりとするほど真摯な表情をしていた。

「九曜会の情報網を使えば、おまえの居場所を突き止めるくらい、造作もない。——と言いたいところだが、おまえの時計と携帯にちょっとした細工をしてある。どこにいようと、居場所がわかるようにな」

いつの間にそんなことをしたのだろう。まったく気づかなかった。

もっとも、多岐川に抱かれては失神するように寝入っていたから、凜が気づかないうちにいくらでも細工する機会はあっただろう。

呆然としていると、多岐川に腕を引かれた。

「どうしてこんな馬鹿な真似をしたのか、うちに帰ってたっぷりと説明してもらおうか」

「……嫌です」

「ああ?」

引きずられまいと踏ん張ると、多岐川が見る間に不機嫌な顔つきになった。だが、ここで怯んではならない。凜は自らを奮《ふる》い立たせた。

「あなたの家にはもう戻りません」

「なんだ、そりゃ。ふざけたことを言ってるんじゃねぇ」

荒々しい口調で吐き捨てただけでは苛立ちが納まらないらしく、多岐川がよく磨かれた革靴でコンクリートの壁を蹴り上げた。がつっと鈍い音が響く。

「俺と来ないっていうなら、どこへ行こうってんだ。まさか、高瀬とできたんじゃないだろうな」

「違います……！」

どうしていつもこうなのだろう。自分を信頼していない多岐川が腹立たしく、そして悲しかった。とっさに、玲一の名前が口を衝いて出る。

「あなたこそ、九重さんがいるじゃないですか…っ！」

「玲一が？」

多岐川が一瞬、鼻白《はなじろ》む。どうしていきなり玲一の名前が出てきたのか、まったく理解できない様子だ。

「そりゃあ、あいつは親友だからな」

あっさり肯定されて、凛は惨めになった。自分などが決して立ち入れない領域に、多岐川は玲一を置いているのだ。誰よりも、大切に。

「なんだ、玲一に妬《や》いたのか」

ずばりと言い当てられて、かっと頬が熱くなる。そんな凛を、多岐川が人の悪い貌をしながら見つめていた。

「馬鹿なこと、言わないでください。どうして俺が、九重さんに妬くんですか」

「俺が麻酔で寝てるあいだ、青い顔してベッドの横についてたんだって？　玲一に聞いたぜ」

「それは、知ってる人が撃たれたなんて、初めてだったから……」

事実なだけに、反論する凛の口調はどうしても歯切れが悪くなる。多岐川に告げ口した玲一が恨めしかった。

「とにかく、あなたは九重さんが好きなんでしょう？」

「好きってな、おまえ、ガキじゃあるまいし」

切り返されて、多岐川が苦い表情になる。それが、凛の問いを肯定していた。

多岐川は凛のことなど、まだ子供だと思っている。でも、子供だからこそわかることもあるのだ。

人の感情の機微《きび》も、想いが向かう先も。多岐川が、自分を通して玲一の面影を見ていることも、もちろん。

「わかってます。俺を引き取ったのは、九重さんに似てるからだって」

「——そんな理由で、俺がおまえを買ったと思ってたのか」

心外そうに、多岐川が眉を寄せる。

険悪になった雰囲気に耐えかね、視線を逸らす。そのとき、多岐川の肩越しに一人の男が近づいてくるのが見えた。

野球帽を目深にかぶり、両手を隠すように腕組みしている。グレーのスラックスはともかく、夏へと向かうこの季節に黒のジャンパーは異様だった。

おかしい。凜が不審に思っていると、男は歩きながら腕組みを解いた。手の中のなにかが逆光にぎらりと光る。

——ナイフだ。

「危な…」

凜が叫ぶのと、殺気を察した多岐川が振り返るのは同時だった。男がナイフを手に、向かってくる。

「てめぇ、よくも親父をやりやがったな」

どすの利いた雄叫《おたけ》びがアーケードに響く。親父というからには、多岐川と対立していた川上とかいう組長の子分なのかもしれない。

「逃げろ」

「あ…っ」

短く命じると、多岐川は凜を突き飛ばした。危うく尻餅をつきそうになり、そばにあったエアホッケーのゲーム台に摑まって体を支える。そのときにはもう、男が多岐川に襲いかかっていた。

——危ない。

心臓が凍りつきそうだった。多岐川が素早い動きで躱したが、男はすぐさま次の攻撃を繰り出した。いまわしいほどあざやかに、男の振り下ろす白刃《はくじん》が閃《ひらめ》く。

「親父の仇だッ！　覚悟しろ」

どうしよう。まだ本調子ではないと言っていたのに。

多岐川を助けなければ。多岐川が、死んでしまう——。

手術の直後、青ざめた顔でなかなか目覚めなかった多岐川の貌が目に灼きついている。

なんとかしなければと思うのに、足を踏み出すどころか声さえ出ない。男の放つ禍々しい殺気に、全身ががたがたと震えた。

玲一なら、こんなときどうするだろう。多岐川が我が身を呈して庇ったように、玲一も多岐川を守ろうとするはずだ。

玲一のような、強さが欲しい。なにもできないで、ただ見ているだけなんて。

「おまえみたいに律儀《りちぎ》な舎弟、あんな山羊親父にいたんだなあ」

「うるさいッ……！　おまえのせいで、うちの組はめちゃくちゃだ……！」

多岐川に茶化され、男はさらに激昂した。

何度目にか、ナイフを振り翳す男の手首を多岐川が掴んだ。その眉間は険しくひそめられ、うっすらと汗が浮かんでいる。きっと、傷が痛むのだ。

力の均衡《きんこう》が破れ、男が多岐川の手を払う。

「やめろ…ッ！」

凜の喉から引き攣った声が迸った。それと同時に、足が動いた。男の注意が多岐川から、いきなり飛び出してきた凜に逸れる。

「馬鹿ッ、来るな」

多岐川の声がしたが、凜は構わず男に向かって体当たりしていた。鈍い衝撃があって、男にぶつかった右肩に痛みが走る。勢いあまって、凜は床に倒れ込んだ。

「このガキ…！」

男が呪わしげに罵り、凜に向かってくる。立ち上がれない。振り翳されたナイフが、鋭く光を弾く。全身が恐怖に痺れた。

――もうだめだ。

切りつけられる痛みを覚悟して、凜はきつく目を閉じた。

「ぐっ…っ」

だが、男のナイフが凜に振り下ろされることはなかった。多岐川が男の脛を思いきり蹴り上げたのだ。

たまらずにバランスを崩した男の右手から、多岐川は素早くナイフを叩き落した。かつんと乾いた音を立てて、ナイフが床に落ちる。

「くそ、…っ」

男は新たな得物を取り出そうと、ジャンパーの胸許に手を入れたが、そのまえに多岐川の第二打が男の鳩尾めがけて繰り出された。拳がめり込んだ勢いで、男の体が壁に弾き飛ばされる。

「ぐ…っ」

壁に後頭部をしたたかに打ちつけた男は、短い声を発してずるずると床に伸びた。完全に意識をなくしたらしい。

多岐川の早業を、凜は床にうずくまったまま呆然と眺めていた。

「無茶な真似しやがって」

苦々しい声が落ちる。そろそろと視線を上げると、多岐川は男に対峙していたときよりもさらに険しい表情をしていた。

少しでも多岐川の助けになればと思ったけれど、かえって邪魔をしたのかもしれない。だから、怒っているのだ。

自分なんて、なんの役にも立たない。臆病で、力もなくて。顔が多少似ているくらいで、玲一とは大違いだ。これでは、玲一の身代わりすらも務まらない。情けなくなって、凛はうなだれた。男にぶつかった右肩がずきずきと痛む。

「動けないのか」

しょうがないなというようなため息に続いて、目の前に手が差し出された。

「ほら、大丈夫か？　どこか怪我したんじゃないだろうな」

自分のほうが、怪我人のくせに。

この手を取っていいのだろうか。ためらっていると、二の腕を掴んで強引に立たされた。膝に力が入らず、多岐川の胸に寄りかかる格好になる。

あたたかい。多岐川が無事でよかった。

「逃げろって言っただろうが。どうしてあんな無茶をしたんだ」

表情そのままの険しい口調で詰問されて、凛は安堵から一転し、すぐにまた情けない気分になった。

どうせこの男は、自分の気持ちになんてまったく気づいていないのだ。さっきは玲一に妬いてるだのと言っていたくせに。

「……き、だから……」

「は？　なんだって？」

震えて途切れた声は、多岐川には届かなかった。どうせもう多岐川のそばにはいられない。だったら、いっそ。自虐的な気分に駆られて、凜は声を張り上げた。

「だって、好きだから……あなたが、……」

決して言うまいと思っていた言葉がついに口から迸る。

凜を支えた多岐川は、身じろぎもしない。その貌にはありありと驚愕が浮かんでいて、凜はいたたまれなくなった。

迷惑だったのだ。ペット扱いしてる相手から好きだと言われても、嬉しくもなんともない。当たり前だ。

きっと捨てられる。逃げ出そうと思っていたのだから、ちょうどいいじゃないか。そう自分に言い聞かせるのに、じわじわと目許が熱くなってくる。

「おい、」

多岐川が眉を寄せる。心底困り切った貌でうろうろと視線をさまよわせてから、凜の肩に手をかけた。

「おまえ、ちゃんと意味がわかって言ってんのか」

「こ……こんなときだけ、子供扱い、するんですか…っ」

顎先を捉えようとする多岐川の手を嫌がって顔を背ければ、眦から溢れた涙がぽたりとアスファルトを濡らした。

「九重さんにはできないようなこと、さんざんしたくせに……」

「そりゃあ、おまえが懐かなかったからだろ。可愛さあまって憎さ百倍ってやつだ」

恨みがましくこれまでの理不尽な仕打ちを詰《なじ》れば、多岐川は気まずげな貌をしたものの、次の瞬間にはもう開き直っていた。

「で、さっきの話の続きだが、おまえは玲一に似てるからってだけで俺が二十億もの金をふいにしたと思ってたのか」

「……え?」

違うのだろうか。濡れた瞳を瞠ると、多岐川はひどく苦々しげにため息をついた。

「あんなジェットコースターなんか乗ったり、高瀬におまえをガードさせたり、おまえがいなくなれば泡食って探したり。この俺が、玲一の身代わりってだけのおまえのために、そんなことすると思ってたわけか」

そのとおりで、凜はこくりと頷くしかなかった。

「いい加減にしろよ。鈍すぎるぜ」

凜の顎先を掬い上げて、多岐川が間近から見下ろしてくる。その瞳は、驚くほどやさしかった。最初にオフィスで擦れ違った、あの日のように。

「子供じゃないって言うんなら、俺が言いたいことくらい、察しろよ」

「そんな、の……わかりません」

わからないのは、やっぱり自分が子供だからだろうか。しょうがないなと多岐川は舌打ちしたものの、その表情は柔らかいままだ。

「同情だけで二十億もの金をチャラにするほど、俺が親切心に富む男でも、やさしい男でもないのは、おまえがよくわかってるだろう?」

「それはそうですけど……」

多岐川がやさしいことは、いまとなれば凜にもわかっている。自分がやりたいようにやるのが流儀の男は、やさしさの示し方も不器用でぶっきらぼうだった。

「いちばん最初、白石のオフィスで会ったときは、確かに玲一に似てると思った。白石が心中したと聞いたとき、真っ先に思い浮かんだのはおまえのことだ。他の誰かに掻っ攫われて、売り飛ばされでもしたら寝覚めが悪いからな」

「……だから、買ったんですか」

「そうだ。そしたら、とんだじゃじゃ馬だった。お坊ちゃま育ちですぐに折れるかと思いきや、なかなか懐かない。なにを買っても、食わせても、にこりともしない。参ったぜ」

「嘘です。さんざん苛めて、愉しんでたじゃないですか」

「愉しかったぜ？　なにも知らない体を俺好みに仕込むのは。あんまり愉しかったから、玲一にさえ触れさせなかったじゃないか。お愉しみは分かち合うのが、俺たちのあいだでの不文律だったんだがな」

恥知らずな男は、凜の痴態を思い出すようににやりと笑った。もしかしたら、これまでは玲一と情事の相手を共有したこともあったのだろうか。

「玲一のやつも、本命の相手には指一本触れさせないんだから、お互いさまだ」

あんなごつい野郎なんかに触りたくもないがな、と鼻を鳴らす多岐川の口調は、さばさばしていた。表情にもまなざしにも、玲一に対する未練はかけらもない。

「高瀬さんが現われたから、九重さんのことを諦めたんですか」

「諦めるもなにも、玲一は大事な親友だ。それ以外のなにものでもない。あいつが高瀬を好きだって言うなら、俺はそれでいいさ」

多岐川は広い肩を竦め、本当だろうかと疑いを捨て切れないでいる凜を見据えた。

「まだわからないのか。もっとストレートに、好きだとか愛しているとか言ってやらないとだめか」

言葉はふざけていたが、凜を捉えた漆黒の双眸は痛いほど真剣だった。

「どっちがいい？」

「どっち、って……」

自分が選ばなければならないようなことだろうか。じっと見つめられて息苦しくなり、凜は思わず一歩後ずさった。すぐに「逃げるなよ」と多岐川の手に肩を押さえつけられる。

「いいか、よく聞けよ。要は、おまえに惚れたって言ってるんだよ」

「嘘……」

凜の口からぽろりと零れた呟きに、多岐川がむっと眉を寄せたときだ。こちらに向かってくる数人の足音が聞こえた。

「多岐川っ」

玲一だ。見れば、その後ろには広伸もいた。さらにあとから、数人の舎弟たちが血相を変えて走ってくる。

「いきなり消えるなよ。二人とも大丈夫か？」

「ああ。川上んとこのだな」

玲一と話すあいだも、多岐川の腕はしっかりと凜の肩を抱いていた。手を離したら、また凜が逃げ出すのではないかと恐れているように。

玲一が「片づけとけ」と命じると、舎弟たちが床に伸びた男を押さえつけた。武器を持っていないか、体を探って調べはじめる。途中で正気を取り戻した男は、離せだの殺してやるだの騒いだが、舎弟の一人に頸動脈を締め上げられて再び静かになった。

「凜くん、大丈夫だった？」

「高瀬さん……ごめんなさい」

逃げ出したことを咎めもせず、広伸はほっとしたように微笑んで「いや」と首を振った。

「無事でよかったよ」

「悪いな、多岐川。すっかりこいつがヘマしちまって。こいつの落ち度は、俺が償う」

玲一、と広伸が嫌そうに鼻筋に皺を刻む。広伸も、恋人と多岐川の強すぎる絆を快く思っていないようだ。

「今回はいい。すっかりうちのが世話になったんだし」

玲一たちの目の前で、くしゃりと髪を撫でられる。うちの、だなんてやはり猫かなにかだと思っているのではないか。

しかし、多岐川の言葉と凜に対する親密なしぐさから、勘のいい玲一は二人のあいだに起こった出来事を察したらしい。

「いいときに邪魔しちまったみたいだな」

怜悧な美貌に人の悪い笑みを浮かべる。

「愛の告白の続きは、帰ってからやりな」

「そうさせてもらおう」

多岐川も負けじと返す。見せつけるように抱き寄せられ、凜は紅くなった頬を多岐川の胸に埋めた。


八日ぶりに多岐川のマンションに帰り、抱きかかえられるようにしてベッドに連れられる。腕は大丈夫なのかと問うても、このとおりだと笑って躱された。

それでいて、やはり完治はしていないらしく、いつになく性急に凜のシャツを脱がせようとする手つきがもどかしそうだ。

「自分でやります」

男の手を制し、自分でボタンを外していく。多岐川は上着を脱ぎ、ネクタイを緩めると、ベッドに腰かけてその様子を眺めていた。

「あんまり見ないでください」

「恥ずかしいのか？　これからもっと恥ずかしいことしようってのに」

シャツのボタンをすべて外し終えたところで、多岐川に手首を取られた。投げ出した長い脚のあいだに体を挟まれる。

「ほら、早く脱げよ」

見上げてくる男の黒い瞳には、熱い欲望の炎が揺らめいている。見つめられているだけで、こちらまで体温が上昇しそうだった。

羞恥を堪えて、下着ごと衣服を脱ぎ捨てる。前をはだけたシャツ一枚という格好でさえひどく心許ないのに、その最後の一枚を多岐川の手に奪われた。

「…ぁっ」

手を取られて引き寄せられ、腕の中に閉じ込められる。素肌に触れられるだけで、甘いざわめきが背筋を伝う。帰ってくる車中で与えられたくちづけが、凛の体の奥に火を点《とも》していた。

力強く包む掌に、自分がいかにこのぬくもりに餓えていたのか思い知らされる。

もう触れることはないと諦め、自ら逃げ出そうとした。多岐川が倒れてから、今日までのあいだ、精一杯張りつめ、堪えていたものが溢れそうになる。

息が止まるくらい抱いて、その熱さを刻みつけてほしい。玲一の身代わりではなく、自分自身を求めているのだと証明してほしかった。

「凜」

多岐川の声が、いつにも増して甘く響く。このなめらかな低音で名前を呼ばれることに弱い、という自覚が凜にはあった。

きゅうっとすがりつくと、首筋を押さえつけられてキスされた。角度を変えては何度も、柔らかく、啄ばむようなキスが落ちてくる。

もっと深いキスが欲しくてベストに包まれた男の背中に掌を這わせれば、くちづけた男の唇が笑みを浮かべるのがわかった。

「ん、ぅ…っ」

望みどおり、すぐに熱い舌先が押し入ってくる。ぞくりと背筋を快感が走り、甘い嬌声が絡んだ舌に溶けた。

うっとりとしているあいだに、ベッドに抱き上げられる。見上げると、多岐川の目の奥には鋭い光があった。

「逃げないのか」

「……逃げません」

「俺のそばにいれば、いつかまた今日のような目に遭うかもしれない」

それだけではない。もしかしたら、誰かの血が流れる場面を目撃する可能性だってある。それが多岐川か、他の誰かはわからないのだ。

喪失の恐れは常につきまとうけれど、それでももうこのぬくもりを自ら手放す気にはなれなかった。

死ぬまで——いや、死んでも、そばにいたい。

「俺の一生を買ってやるって、言ったじゃないですか」

「そうだったな」

ふっと笑った多岐川の瞳から剣呑さが消える。もう一度唇が重ねられ、軽く吸われて喉がこくんとはしたなく鳴った。差し出した舌を噛まれると、唾液が滲むだけでなく、体中が熱く潤む気がする。

唇の端から溢れた唾液を追って、男の唇が肌を伝い落ちる。首筋に鎖骨に、小さなキスが降ってきた。

皮膚の表面だけでなく、その下に潜む快感を暴くためのそれはちりりとした小さな痛みを伴う。男の唇が去ったあとには、薔薇色の痕が刻まれた。

尖りはじめた乳首を摘まれて、あ、と声が洩れる。とっさに唇を噛んだけれど、聞き咎めたらしい多岐川が淫蕩な表情で目を細めた。指に挟まれてゆっくりと揉みしだかれ、声もなく仰け反る。

「俺がいないあいだ、自分で可愛がったのか？　ずいぶん敏感じゃないか」

「しな……してな、い……」

自分でなんて、触るわけがない。胸先への愛撫だけで軽い絶頂を得るまでに凜の体を仕込んだのは、多岐川だ。多岐川にしてもらうのでなければ、気持ちよくなれない。

胸に顔を伏せてきた多岐川が、ねっとりと小さな突起をねぶる。息がどんどん上がって、気を抜くと変な声が出てしまいそうだった。胸を愛撫されて感じる疼痛は甘い快感となって、腰の奥にわだかまっていく。

柔らかな唇に挟まれ、こりこりと転がされ、舌先で乳暈をなぞられる。もう片方は、長い指が捏ね回し、硬度を確かめるように押し潰していた。

濡れた舌がもたらす感触と指先の巧みな愛撫に、脳が蕩け落ちそうになってしまう。わけもなくいやいやとかぶりを振った弾みに、多岐川が左肩を庇うようにして自分を押さえつけているのが見えた。

「きつく、ないですか……？」

「ん？」

硬く凝った突起を舐めながら、多岐川が視線だけを上げる。鼻から抜けた男の声はどきりとするほど艶かしかった。

「これだと肩によくないでしょう……？　このあいだ、したみたいに……」

しましょうか、としだいに小声になる。体勢を変えたほうがいいのではないかという凜の控えめな申し出に、多岐川がにやりとした。

「そんなに俺の上に乗るのが、気に入ったのか」

「ち、違いますっ」

多岐川の体を気遣えばこそ、恥ずかしさを堪えて切り出したのに。凜は涙目になってふるふるとかぶりを振った。

「自分で腰を振りまくって、すごいよがりようだったもんなあ」

「もういいです……！　絶対やりませんから…っ」

「そりゃ困るな。まだ完治してないんだから」

拗ねた凜がふいっと顔を背けると、多岐川が雄の色気を湛えたまなざしで睨んでくる。まったく困っていないどころか、この状況を愉しんでいるようだ。

「ちゃんと慣らしてやるから、あとで上に乗りな」

「え、……あっ？」

男の腿の上に腰を乗せられ、両脚を大きく開かれた。秘められた部分のなにもかもが、男の眼下に晒される。愛撫そのもののようなまなざしを感じただけで、敏感な花茎がひくりと震えた。

「あ、……や…ぁっ」

なにをするのだろう。濡れた睫を瞬かせた凜は、多岐川が両脚の狭間に顔を伏せるのを見てぎょっとした。

信じられない場所に、熱く濡れたくちづけが落ちる。

嘘だ……多岐川の舌が、あんな場所に――。想像だにしなかった行為に、凜は惑乱しかけた。

「やぁぁ…っ」

羞恥と驚愕に身悶えるが、男に押さえ込まれた下肢はびくともしなかった。

肉厚な舌の、ねっとりと濡れた柔らかな質感がたまらない。慎《つつ》ましやかに閉じた花弁の一枚一枚を辿って、貪婪な性を巧みに暴いていく。

「あっ、あ…っ、だめ……しな、で…っ」

「せっかく濡らしてやってるんだから、おとなしくしてろ」

「や、だ……、こんな、の…」

　もっと他に方法があるではないか。繊細に折り重なった部分を舐められて、淫靡な痺れが湧き起こる。一週間以上も多岐川に触れられていないせいで、ただでさえ感じやすい体は淫らなほど鋭敏に反応した。

「あぅ、…っ」

　潤んだ花弁の両端に指を添えて左右に押し開かれる。尖らせた舌先に貫かれ、熱くなった昂りがびくびくっと跳ね上がった。

「いや、あ…ぁ」

　押し入ってきた舌が、柔襞をぬるぬると舐め溶かそうとする。花筒の内部にまで、とろりと熱い唾液が滴り落ちた。

　溶けてしまう――。

　ぬかるみのようになった蕾は、男の舌に穿たれるたびに淫猥な喘ぎを洩らした。

「すごい音がしてるな。そんなに欲しいのか?」

「あぁ…っ、いや…あ」

　わからない。ただ、中が熱くてどうにかなりそうだった。ねっとりと卑猥な水音を立てて、いっそう奥まで濡らされる。啜り泣きながら、凜は男の舌遣いに合わせて揭げられた腰をうねらせた。

「ひ、ぁン…っ」

濡れ綻んだ花に二本の指が沈められる。滴るほど濡らされた内部は、奥へと侵入してくる男の指を拒めなかった。

「もう、すっかりとろとろになってるぜ」

「あ…っ、…ぅ」

潤いを最奥まで行き渡らせるように、ゆるゆると指が前後する。凜の弱みを知り尽くした男は、快楽が凝縮したその一点を見つけると、集中的に責めはじめた。

「あ、あ、や…ぁ、っ」

けしかけるように引っ掻き、抉り、捏ね回す。指先の動きに操られるように凜の細腰が淫らに捩れ、爪先が反り返った。

「吸いついてくるぜ。いやらしい音が聞こえるだろ?」

「あっ、あ…ぁっ」

すがりつく襞をぐるりと掻き混ぜられて、身の裡深くから熟れた果実を潰すような音が聞こえた。そこから溶け出して、流れてしまいそうだ。

「いやらしい体になっちまったよな。尻を弄られて、ぐちょぐちょに濡らすなんて」

「あ、ん…っ」

とろりと濡れて震えている果実をなぞられる。凝った双球を揉みしだかれると、押し出されるようにしてじゅくじゅくっと新たな蜜が溢れた。

「気持ちよくてたまらないって貌だな」

快感の涙で滲んだ視界に、満足そうに目を細める多岐川が映る。

きっと、獣のように浅ましく欲情した貌をしているに違いない。恥ずかしい。でも、多岐川が妙に嬉しそうで、それでもいいかと思ってしまう。

だって、いやらしい体にしたのは多岐川なのだ。

だからこそ、多岐川が欲しくてたまらなかった。多岐川だけが。

――好きだから。

「……も…、欲し……」

もうこれ以上、我慢できなかった。多岐川を求めて、ひくつきはじめた内部がじんじんと疼いている。

けれど、多岐川は凛の願いを叶えようとしなかった。

「もっとちゃんと言えよ。何度も教えただろ?」

懐かないから苛めた、と言っていたけれど、両想いになってからも苛められるなんて。

恥ずかしくて、切なくて、じんわりと涙が滲む。

「ほら……言えって」

意地の悪い、けれど蕩けそうに甘い声に尾骶骨《びていこつ》のあたりがずきんと疼く。それは、凜を従わせる魔力に満ちていた。

「……ちょうだい…」

「どこにだよ?」

「……指で、してもらってる、ところ…っ」

濡れた睫を瞬かせながら、懸命に訴える。羞恥に強ばる舌を動かすのは、悦楽への希求だ。そのあいだも差し入れた指で弱みを捏ねられて、汗でぬめ光る肢体がびくびくと引き攣る。

「そこはどうなってるんだ? 俺が舐めてやったら、嬉しくて濡らしたよな」

「……舐めてもらって……、ぐちゃぐちゃになって…る、…っ」

淫らな熱に浮かされて、男の興をそそるための言葉を口にする。舌先で抉られたときの感覚を反芻するように、指を食んだ粘膜がひくひくと戦慄《わなな》いた。

恥ずかしい。けれど、最奥の花を硬い楔に貫かれて情熱の証を注ぎかけられることでしか、身の裡に滾る欲火を鎮められないのだ。

なによりも、自分が多岐川のものだという事実を全身で確かめたかった。

「そこ…に、いっぱい、ちょうだい…」

疼く熱に駆られて、男の指を食んだ腰をうねうねと揺する。昂った花茎がいまにも弾けそうになってびくびくと脈打っていた。これ以上はもう、我慢できない。

「欲し…っ」

多岐川の唇が薄く綻ぶ。精悍な面立ちは真摯な情熱に彩られ、ぞくりとするほど艶かしい表情を宿していた。

「いい子にはご褒美をやらなきゃな」

「あ…ぅ、っ」

ずるりと指が抜かれ、熟れた花襞を擦り立てられる。

多岐川が鬱陶しげに衣服を脱いだ。肩から二の腕を覆う包帯が痛々しい。怪我はいいのかと問う間もなく、ふっと体を持ち上げられたかと思うと、多岐川の膝の上に抱き上げられていた。

「あぁ…っ」

潤んだ花びらに灼熱の滾りが触れるやいなや、いっきに花筒の深奥に届く勢いで下から打ち込まれる。

「あ、あぁ……ッ」

激しい衝撃が頭頂にまで駆け上がり、凜は男の肩先にしがみついた。怪我に障ったのか、多岐川が低く呻く。

「あ……ぁ、…っ」

自身の重みでいつもより深くまで穿たれ、あっけなく達してしまう。びくびくと震えながら、男の胸許にまで蜜を撒き散らした。

「ごめんなさ……」

余韻に弾む息の下、慌てて男の左肩から離れた。自分一人が達してしまったことが恥ずかしく、申し訳ない。

「こんなに溢れさせて、我慢できなかったのか?」

「…って、…気持ちよく…て……」

凜を咎める囁きはただ甘く、鼓膜から淫らに蕩かす。深く繋がれたまま、逞しい脈動を感じているだけでも、また昂ってしまう。

「どうしてだよ?」

「お…きい……から…」

「それだけか?」

緩く突き上げられて、愉悦に濡れた瞳からぽろりと涙が溢れた。貪欲な襞が小刻みに震えながら吸いつき、ねだるように締め上げている。

「……奥、まで……いっぱい……」

恥ずかしい。でも、もっともっと欲しかった。

「……そこ、……っと、して…」

腰を掴む男の腕にすがり、誘うように体を揺らす。爛れたように熱い粘膜はいまや、悦楽を生む蜜壺と化していた。

「俺を煽るのがうまくなったな」

「あぅ、…っ」

ちっとどこか悔しげに舌打ちし、多岐川がぐっと腰を突き上げる。それでも愛おしげに細められたまなざしには深い愛情があって、どうしようもなく胸が高鳴った。

「責任、取れよ」

「あぁぁ…っ」

熱っぽい囁きとともに、激しい突き上げが与えられる。

鋼のように硬いもので突き上げられて、なにがなんだかわからなくなった。

「あっ、あ…ぁ」

体の奥深くにまで、多岐川の存在を刻みつけられる。凜は自分でも内部を引き絞り、男の快楽に奉仕した。

悦楽の涙を零しながら、男を受け入れたまま何度も痙攣と弛緩を繰り返す。

「あ…っ、あ…も、う……おかし…く、なっちゃう…っ」

「なっていい」

掠れた艶かしい低音に、ざわりと腰の奥が疼いた。男の声も、肌を撫でる吐息も、なにもかも感じる。

さんざん翻弄され、気が遠くなりかけては揺さぶられて意識を引き戻され、気づいたときには多岐川の熱に体の奥をねっとりと濡らされていた。

くたりと力の抜けた体を横たえられる。髪を撫でられながら、汗と涙で濡れた顔中にあやすようなキスを落とされた。

鼻先や頬、額とあちこちを辿るキスがやさしくて気持ちいい。うっとりとして精悍な顔を見つめていると、眩しいものを見るように多岐川が目を眇めた。

「どうしたら大事にしてやれるのか、わからない」

傷が痛むかのように、眉がくっと寄せられる。常に自信に溢れた強気な瞳が翳り、この男らしくない、苦しげな呟きが落ちた。

「この先も、きっとおまえを苦しめる」

多岐川のそばにいるだけで、今日のような危険な目に遭うだろう。自分の身が危険に晒されるのは、耐えられる。けれど、多岐川が傷つき、血を流すのを間近で見なければならないのだ。

それでももはや、後戻りできないことを凜は知っていた。

あの雨の夜、自分は多岐川を選んだのだ。この男とともに、歩く道を。

それがどんなに道徳に背き、倫理に反した道だとしても。

傲岸不遜な男が、自分のために苦しんでいる。多岐川の、包帯の巻かれた肩にそっと手を伸ばした。

「……大事になんか、しなくていいから……」

硬い筋肉を縒《よ》った男の腕がぴくりと揺れる。構わずに顔を寄せ、包帯の上から唇を押し当てた。少しでも傷を癒したくて。

「絶対にもう、離さないで……」

「ああ」

背中を掬い上げるようにして、ぐっと抱き寄せられる。

「二十億円ぶん、可愛がってやる」

「お帰りなさい」

「ああ」

リビングに足を踏み入れた多岐川は、凜の声にぶっきらぼうに頷いた。

玄関まで出迎えるのは面映ゆいと凜が感じているのと同様、「ただいま」を言うのが照れくさいらしい。

「またここで勉強してたのか」

「こっちのほうが広くて、気分転換にもなるし」

「目が悪くなるぞ」

ローテーブルはくつろぐにはいいが、テキストを広げて勉強するには向かない高さだ。それでも自分の部屋ではなくリビングで勉強していたのは、ここにいれば帰宅した多岐川に少しでも早く会えるからだった。

帰宅した多岐川の気配に耳を澄ませて、マグカップを持って慌ててリビングに向かうことはもうない。顔を見たいと思う気持ちを取り繕う必要がなくなったからだ。

負傷してから一月余りが経ち、頑健《がんけん》な男はすっかり回復していた。相変わらず玲一とつるんでは、楽しげにシノギに励んでいる。

対立派閥の残党狩りも一段落したようで、遊園地での一件以降はとくになにもなかった。

凛も大学に通い、いまでは以前に近い日常生活を送っている。通学は相変わらず車で送り迎えだし、授業のあとに友人と出かける際は、多岐川に報告をしなければならないけれど。

ネクタイを緩めてどさりとソファに腰を下ろした多岐川は、「来いよ」と自分の膝を叩いた。

どうやら、多岐川は凛を膝の上に抱き上げるのが好きなようだ。それこそ、猫かなにかのように思っているのではないか。

多岐川に比べれば貧弱とも言える体形だけれど、それでも男だ。重くないのだろうかと思う。

「ほら、凛」

頭ごなしに命令されるなら意地を張って突っ撥ねられるけれど、誘いかけるような笑みを浮かべて手招きされれば抗えない。

ふらふらと近づいていくと腕を引かれ、長い片脚の上に腰を下ろした。首筋に回った掌に引き寄せられ、至近距離で深い色合いの瞳と見つめ合う。

吐息が甘く絡み、続いて唇が重なった。

「ん、……」

想いを通い合わせてからの多岐川は、顔を合わせるたびにこうして触れてくる。

家族を失った凜にとって多岐川は、それに代わるあたたかなぬくもりをくれる唯一の相手であり、恋人だった。

キスも、あやすように首筋を撫でる指先もやさしくて、頭のてっぺんから爪先までが甘い幸福感で満たされる。

広い胸にすっぽりと抱きしめられると、絶対の安心感があった。だが、多岐川の体温を感じているうちに、それだけでは済まなくなる。

ひそやかに鼓動が乱れはじめ、背中を支える掌のぬくもりに腰の奥が妖しく疼き出して
――もっと、多岐川が欲しくなってしまう。

たっぷりと凜の口内を貪ってから、多岐川はやっと唇を離した。

「ちゃんと卒業しろよ。来年の四月からは、俺の秘書にしてやる」

「だったら、勉強の邪魔をしないでください…っ」

本心とは裏腹に、つい多岐川に逆らってしまう。素直になれないのは、自分ばかりが年

上の恋人にいいように翻弄されているのが悔しいからだ。

「邪魔だと？　聞き捨てならないな。おまえが欲しがるからじゃないか」

「そんな、こと……」

服の上からそろりと胸先の突起を掠められ、声が震える。期待だけで、すぐにそこは尖るようになっていた。そんな場所が感じるなんてことも、知らなかったのに。

シャツの上から押し込むようにしたあとこりこりと転がされて、凜は男の肩先にしがみついた。

多岐川によって満たされることを教えられた体は貪欲で、ささやかな愛撫だけですぐに昂ってしまう。

そのとき、ふいに多岐川の携帯が鳴り出した。

「っと、……玲一か」

ためらうような間があったのはほんの一瞬で、多岐川は出なかった。

「——出なくていいんですか……？」

信じられなかった。なにを置いても、玲一の電話には出るのに。

「急用なら勇次にでも連絡して、俺を呼び出すさ。たぶん、週末のクルージングの件だ」

今週末には玲一が所有するクルーザーでクルージングに出かけることになっている。広伸も来るという。凛も、多岐川に連れられて参加することになっていた。

「なんだ、お預けされると思ったのか」

「……違います」

否定したけれど、きっと多岐川にはわかっているに違いない。瞳は潤んでいるし、頬も紅くなっている。玲一には申し訳ないけれど、多岐川が自分を優先してくれたことが嬉しかった。

「昨夜もあんなに可愛がってやったのに、また欲しくなったのか？　もうできないって言って、泣いてたじゃないか」

「……ぅ」

凛の腰を抱き込んでいた手が、半端に熱をもった下肢に触れる。布の上からやんわりと握られただけで、腰の狭間がはしたなくひくついた。

触れられてもいないのに、いじらしく綻びていく。

多岐川のために。多岐川だけを欲して。

「…って、……好きだから……」

好きな人に触れられて、欲しくならないほうがどうかしている。

「だから、欲しい……だめですか？」

ずきずきと脈打つ熱に煽られて、凜の細腰が男の掌に擦りつけるような動きを見せる。恥ずかしい。けれど、欲しいという気持ちを堪えられなくて。

「すっかり俺を手玉に取りやがって」

「手玉になんて取ってません」

翻弄されているのは、自分のほうだ。濡れたまなざしで睨むと、多岐川はかすかに悔しげな、それでいて愉しくてたまらないという表情をしていた。

もしかして、一方的に翻弄されていると思っているのは、多岐川も同じなのだろうか。

じっと見つめていると、多岐川が小さく苦笑した。

「おまえにになら、手玉に取られてもしょうがないか。惚れた弱みだからな」

笑みを刻んだ唇が寄せられる。

愛されているのだと思う。誰の身代わりでもなく、自分自身を。

誇らしいような喜びに胸を熱くしながら、凜は男の肩に腕を回した。

あとがき

こんにちは、藤森《ふじもり》です。

プラチナ文庫さんからの三冊目は、ヤクザものに挑戦してみました。借金のかたに受が攻に買われるというお約束の設定ですが、少しでも楽しんでいただけると幸いです。

このお話は、数年前、ある雑誌に書かせていただいた読み切りがきっかけで生まれました。それは、今回も登場している高瀬広伸《たかせひろのぶ》と九重玲一《ここのえれいいち》サイドのお話だったのですが、玲一の友人である多岐川《たきがわ》も脇役として登場していました。

その際につけていただいた稲荷家房之介《いなりやふさのすけ》先生のイラストは、人に言えない妄想だらけの頭の中を覗かれたのではないかと心配になるほど、どのキャラクターもイメージどおりでした。とくに、多岐川がそれはもう素敵で……。キャララフを拝見しながら、きっと多岐川にもこのあと相手が現れて、とまた妄想してしまいました（妄想話につきあってくれた友人、ありがとう）。

以来ずっと、いつか多岐川サイドのお話を書きたいと思っていたところ、今回こうしてプラチナ文庫さんから機会をいただくことができました。

引き続きイラストを描いてくださった、稲荷家先生。たいへんお忙しいところ、ご迷惑をおかけして申し訳ありませんでした。最初に多岐川を描いていただかなければ、きっとこのお話は生まれなかったと思います。今回も、いただいたラフを校正の励みにさせていただきました。素敵なイラストを、ありがとうございました。また機会がありましたら、ぜひよろしくお願いいたします。

担当さまには、今回もたいへんお世話になりました。せっかく拾っていただいたのに、なんだかもう……なにもかも、申し訳ありません（涙）。精進いたしますので、今後もよろしくお願いいたします。

最後になりましたが、この本をお手に取ってくださった方へ。あとがきまでおつきあいいただき、ありがとうございました。よろしければ、ご意見、ご感想をお聞かせくださいませ。

それでは、またどこかでお会いできますように。

藤森ちひろ

Platinum Label

したたかに愛《あい》を奪《うば》え

プラチナ文庫をお買いあげいただき、ありがとうございます。
この作品を読んでのご意見・ご感想をお待ちしております。

★ファンレターの宛先★

〒112-0004　東京都文京区後楽 1-4-14
プランタン出版　プラチナ文庫編集部気付
藤森ちひろ先生係 / 稲荷家房之介先生係

★読者レビュー大募集★

各作品のご感想をホームページ「Pla-net」にて紹介しております。
メールはこちら→platinum-review@printemps.co.jp
プランタン出版HP http://www.printemps.co.jp

著者——**藤森ちひろ**（ふじもり ちひろ）
挿絵——**稲荷家房之介**（いなりや ふさのすけ）
発行——**プランタン出版**
発売——**フランス書院**
〒112-0004　東京都文京区後楽 1-4-14
電話（代表）03-3818-2681
　　（編集）03-3818-3118
振替　00180-1-66771
印刷——誠宏印刷
製本——小泉製本

ISBN4-8296-2337-3 C0193

Platinum Label プラチナ文庫 Platinum Label

●好評発売中！●

プラチナ文庫
Platinum Label

逃がさないよ。
運命の相手なんだから

◆◆◆◆◆◆◆◆◆◆◆◆◆◆

きみのお希《のぞみ》のままに♥

森本あき
イラスト／桃月はるか

◆◆◆◆◆◆◆◆◆◆◆◆◆◆

運命の相手だと大吉に迫られた希。運命の相手ってだけで、好きでもないくせにと、わざと我が儘を言って大吉の気持ちを試そうとするが…。本当は健気な意地っぱりの、切なく甘い運命の恋♥

熱くて柔らかくて、
なのにきつい、ね。

◆◆◆◆◆◆◆◆◆◆◆◆◆◆

跪いて
キスをして

妃川 螢
イラスト／有馬かつみ

◆◆◆◆◆◆◆◆◆◆◆◆◆◆

敦也のホストを見下す傲慢を、No.1のリョージだけが見抜いた。彼に嬲られ喘がされ、己の淫らさを知らしめられたが、奔放な眼差しに何故か囚われて…。せめぎ合うプライドと恋情。

●好評発売中!●